国际大奖小说

纽伯瑞儿童文学奖金奖

# 兔子坡

# Rabbit Hill

[美] 罗伯特·罗素 / 著、绘

陈诗纮 / 译

天津出版传媒集团

新蕾出版社

图书在版编目（CIP）数据

兔子坡/（美）罗素著、绘；陈诗纮译.
—天津：新蕾出版社，2011.1（2025.6重印）
(国际大奖小说)
书名原文：Rabbit Hill
ISBN 978-7-5307-4988-3

Ⅰ.①兔…
Ⅱ.①罗…②陈…
Ⅲ.①童话-美国-现代
Ⅳ.①I712.88

中国版本图书馆 CIP 数据核字(2010)第 226672 号
RABBIT HILL
Copyright ⓒ 2004 by New Buds Publishing House
RABBIT HILL Copyright ⓒ 1994 by Robert Lawson
Copyright ⓒ renewed 1972 by John W. Boyd.
All rights reserved including the right of reproduction in whole or in part in any form.
This edition published by arrangement with Viking Children´s Books, a member of Penguin Group (USA) Inc.
ALL RIGHTS RESERVED
津图登字：02-2004-83

出版发行：新蕾出版社
http://www.newbuds.com.cn
地　　址：天津市和平区西康路 35 号（300051）
出版人：马玉秀
电　　话：总编办 (022)23332422
　　　　　发行部 (022)23332351　23332677
传　　真：(022)23332422
经　　销：全国新华书店
印　　刷：天津新华印务有限公司
开　　本：880mm×1230mm　1/32
字　　数：70 千字
印　　张：4.25
版　　次：2011 年 1 月第 1 版　2025 年 6 月第 47 次印刷
定　　价：25.00 元

著作权所有，请勿擅用本书制作各类出版物，违者必究。
如发现印、装质量问题，影响阅读，请与本社发行部联系调换。
地址：天津市和平区西康路 35 号
电话：(022)23332677　邮编：300051

# 前言

## 一辈子的书

梅子涵

## 亲近文学

一个希望优秀的人，是应该亲近文学的。亲近文学的方式当然就是阅读。阅读那些经典和杰作，在故事和语言间得到和世俗不一样的气息，优雅的心情和感觉在这同时也就滋生出来；还有很多的智慧和见解，是你在受教育的课堂上和别的书里难以如此生动和有趣地看见的。慢慢地，慢慢地，这阅读就使你有了格调，有了不平庸的眼睛。其实谁不知道，十有八九你是不可能成为一个文学家的，而是当了电脑工程师、建筑设计师……可是亲近文学怎么就是为了要成为文学家，成为一个写小说的人呢？文学是抚摸所有人的灵魂的，如果真有一种叫作"灵魂"的东西的话。文学是这样的一盏灯，只要你亲近过它，那么不管你是在怎样的境遇里，每天从事怎样的职业和怎样地操持,是设计房子还是打制家具,它都会无声无息地照亮你,使你可能为一个城市、一个家庭的房间又添置了经典,添置了可以供世代的人去欣赏和享受的美,而不是才过了几年,人们已经在说,哎哟,好难看哟!

谁会不想要这样的一盏灯呢?

## 阅读优秀

文学是很丰富的,各种各样。但是它又的确分成优秀和平庸。我们哪怕可以活上三百岁,有很充裕的时间,还是有理由只阅读优秀的,而拒绝平庸的。所以一代一代年长的人总是劝说年轻的人:"阅读经典!"这是他们的前人告诉他们的,他们也有了深切的体会,所以再来告诉他们的后代。

这是人类的生命关怀。

美国诗人惠特曼有一首诗:《有一个孩子向前走去》。诗里说:

> 有一个孩子每天向前走去,
> 他看见最初的东西,他就变成那东西,
> 那东西就变成了他的一部分……

如果是早开的紫丁香,那么它会变成这个孩子的一

部分；如果是杂乱的野草，那么它也会变成这个孩子的一部分。

我们都想看见一个孩子一步步地走进经典里去，走进优秀。

优秀和经典的书，不是只有那些很久年代以前的才是，只是安徒生，只是托尔斯泰，只是鲁迅；当代也有不少。只不过是我们不知道，所以没有告诉你；你的父母不知道，所以没有告诉你；你的老师可能也不知道，所以也没有告诉你。我们都已经看见了这种"不知道"所造成的阅读的稀少了。我们很焦急，所以我们总是非常热心地对你们说，它们在哪里，是什么书名，在哪儿可以买到。我就好想为你们开一张大书单，可以供你们去寻找、得到。像英国作家斯蒂文生写的那个李利一样，每天快要天黑的时候，他就拿着提灯和梯子走过来，在每一家的门口，把街灯点亮。我们也想当一个点灯的人，让你们在光亮中可以看见，看见那一本本被奇特地写出来的书，夜晚梦见里面的故事，白天的时候也必然想起和流连。一个孩子一天天地向前走去，长大了，很有知识，很有技能，还善良和有诗意，语言斯文……

同样是长大，那会多么不一样！

国际大奖小说

# 自己的书

优秀的文学书,也有不同。有很多是写给成年人的,也有专门写给孩子和青少年的。专门为孩子和青少年写文学书,不是从古就有的,而是历史不长。可是已经写出来的足以称得上琳琅和灿烂了。它可以算作是这二三百年来我们的文学里最值得炫耀的事情之一,几乎任何一本统计世纪文学成就的大书里都不会忘记写上这一笔,而且写上一个个具体的灿烂书名。

它们是我们自己的书。合乎年纪,合乎趣味,快活地笑或是严肃地思考,都是立在敬重我们生命的角度,不假冒天真,也不故意深刻。

它们是长大的人一生忘记不了的书,长大以后,他们才知道,原来这样的书,这些书里的故事和美妙,在长大之后读的文学书里再难遇见,可是因为他们读过了,所以没有遗憾。他们会这样劝说:"读一读吧,要不会遗憾的。"

我们不要像安徒生写的那棵小枞树,老急着长大,老以为自己已经长大,不理睬照射它的那么温暖的太阳光和充分的新鲜空气,连飞翔过去的小鸟,和早晨与晚间飘过去的红云也一点儿都不感兴趣,老想着我长大

了，我长大了。

"请你跟我们一道享受你的生活吧！"太阳光说。

"请你在自由中享受你新鲜的青春吧！"空气说。

"请你尽情地阅读属于你的年龄的文学书吧！"梅子涵说。

现在的这些"国际大奖小说"就是这样的书。

它们真是非常好，读完了，放进你自己的书架，你永远也不会抽离的。

很多年后，你当父亲、母亲了，你会对儿子、女儿说："读一读它们，我的孩子！"

你还会当爷爷、奶奶、外公和外婆，你会对孙辈们说："读一读它们吧，我都珍藏了一辈子了！"

一辈子的书。

# Rabbit Hill

## 目录
### 兔子坡

| | | |
|---|---|---|
| 第一章 | 新人家要搬来了 | 1 |
| 第二章 | 妈妈的烦恼 | 16 |
| 第三章 | 小乔奇的歌 | 24 |
| 第四章 | 阿那达斯叔公 | 40 |
| 第五章 | 顽固的波奇 | 50 |
| 第六章 | 搬家卡车 | 58 |

# 目录
## 兔子坡

### Rabbit Hill

第七章　读书腐人心 …………………………… 64

第八章　威利悲惨的一夜 ………………………… 76

第九章　分食夜 ………………………………… 84

第十章　乌云掩盖了小山 ………………………… 93

第十一章　努力奋斗 …………………………… 101

第十二章　大家吃个饱 ………………………… 110

第一章

# 新人家要搬来了

整座小山兴奋得沸腾起来,到处叽叽喳喳,此起彼落,原来,动物们正在谈论一件大新闻,不时听见里面夹杂了这几个字:"新的一家人要搬来了!"

小乔奇跌跌撞撞地跑下兔子洞,气喘吁吁地发布消息:"新的一家人要搬来了!"他喊着,"新的一家人要

来了！妈——爸爸,新的一家人要搬进大房子啦!"

老妈搅着一锅稀汤,抬起头来:"哦,该是新人家搬进大房子的时候了,正是时候,我真希望他们是庄稼人,不要像以前那些人一样搬来搬去。三年来,这里已经没有一个好菜园了,每年过冬都没能存下足够的粮食,去年是最糟的一年,我不知道我们要怎么活下去,也不知道能不能看出他们是否是庄稼人,我真的不知道!食物越来越少,除了十字路口胖男人那儿,别处就找不到一点儿蔬菜,可是他又有恶犬和其他防备,每天来回还要横过漆黑的道路两次,我真不知道,真不知道——"老妈总是杞人忧天。

"亲爱的,"老爹说,"试着乐观点儿吧!乔奇的消息说不定就是幸运丰收的先兆呢,我看,我还是到左邻右舍去走走,探听一下这个消息是否准确。"老爹是个南方绅士,说话总是这样咬文嚼字的。

他小心翼翼地走过荒废已久的园子,高大的砖房孤零零、黑漆漆、模模糊糊地站在黄昏里,看起来很幽暗,窗子里没有灯光,附近也没有人,屋顶上的木瓦翘了起来,已经开始腐朽了,百叶窗歪歪扭扭地吊着,在车道和人行道上,到处是高高的枯草,风一吹就摇摆起来,发出窸窸窣窣的声音:大地现在看起来更萧条了。

他怅然想起,以前小山上并不是这幅景象的,草原

Rabbit Hill

上铺着厚得像地毯似的鲜草,田野上长满苜蓿,园里的蔬菜非常茂盛,他和老妈以及他们众多的子孙都过得很好,所有的小动物都过着好日子。

那时候,住在这里的人都很好,还有他们的小孩,晚上常和他们一块儿玩捉迷藏,他们看见臭鼬鼠妈妈带着小家伙,排成印第安式庄严的队伍横过草地的时候,还会高兴地尖叫起来;还有一只狗,又老又胖的长毛小姐,她老是和土拨鼠争吵不休,但是却从来不伤害他们。有一次,她发现了一只迷路的小狐狸,就把他带回去和自己的小狗一块儿喂养照顾,他想了想,那只狐狸该是狐狸仔仔的叔叔,还是狐狸仔仔的爸爸呢?他记不清了,那好像是好久以前的事了。

悲惨的日子降临到小山上,好心的人搬走了,后来来的人都很坏,搬来搬去,一点儿也不知替别人着想。漆树、山桃、毒蔓占据了田野,草地上长满了杂草,花园早就不成样子;去年秋天,他们终于搬走了,留下这栋空房子和黑洞洞的窗子,百叶窗在冬天的暴风雨里劈啪乱响。

他经过工具房,很久以前在这里放着成袋的种子和鸡饲料,总是可以喂饱饿坏的田鼠,可是这里已经空了好几年,每一粒食物都在艰苦的寒冬里被搜光了,再也没有动物来到过这里。

土拨鼠波奇正在旁边的草地上，饥饿地一把抓住一堆乱草，他的毛看起来像被虫蛀过，瘦得很，和去年那只胖得走路都走不稳，要到洞里冬眠还得挤进去的波奇可大不相同了。现在，他正想办法补回错过的机会。他每吃一口，便会抬起头来看看四周，嘟囔一阵，随后，再抓起另一口食物，所以他的牢骚总是断断续续的。"你看这块草地，"他愤愤地说，"看看它——嘎嘎——一片苜蓿叶都没有，净是些杂草——嘎嘎——该有新人家搬来

了——嘎嘎——是时候了——"他看见老爹客气地向他打招呼,便住了口,坐起身来。

"晚安,波奇,晚上好吗?在这里遇见你真是高兴,看你在这个宜人的春夜里容光焕发的样子,我相信你一定度过了一个舒适的冬天。"

"你不知道,"波奇发起牢骚来,"我想,健康是还好啦,不过,我这么瘦,光吃这些玩意儿,哪里能长油哟!"他憎恶地看着那片杂草丛生的田野和草地,摇摇头。"后来住在这里的人都是废物,没错,是废物!什么事也不

做,什么东西都没种,让所有的东西都枯掉。他们一走,好家伙,我说,是新人家该来的时候了,是时候啦!"

"这正是我要请教你的事,"老爹说,"我听到有这么一说,就是有新的一家人要搬来了,想请问你有没有什么有关此事的确切消息呀?有新邻居搬来是确有其事呢?还是道听途说而已?"

"道听途说,道听途说?"波奇好像不太了解,他抓抓耳朵,"哦,我告诉你,我在路上听见人家说,那个房地产掮客两三天前和一些人来到这间房子,里里外外走了一圈;我听说那个木匠比尔希奇,昨天来摸摸屋顶,看看工具房和鸡舍,又在一张纸上计算;我还听说,泥水匠路易肯斯多克今天来摸摸、踢踢那些旧石墙和塌下来的石阶,也在纸上计算,我还听到一件事,一件重要的事,"他移近了些,用脚使劲踏着地面,"这事真的很重要,我听人家说,提姆马克格拉斯——你知道的,就是那个住在岔路口的家伙,专门耕田种地过活的那个——我听说他今天下午也来看过这个破花园、草地和北边的田地,他也在纸上计算过。哦,你看如何啊?"

"我想,"老爹说,"这些听来真是好预兆,看来有新的一家人要来是不容置疑的啦!所有的迹象都显示他们是庄稼人;有几户庄稼人在附近,我们就有好日子过了,一大片长满莓草的草地,现在——"老爹是很久以前从

肯塔基移民过来的,他谈莓草已经成了烦人的事情。

"莓草在这里长不好的!"波奇打断了他的话,"莓草在康乃狄克是绝对长不好的,我只要有一田苜蓿和提摩草就能过得很好了,提摩草、苜蓿和一些好的青草——一个菜园,"他想着,眼眶湿润了起来,"现在,一些甜菜头或者几颗青豆、一口马鞭草就够——"他忽然回到稀疏的草堆里痛哭起来。

老爹继续踱着方步,心情愉快多了,毕竟最近几年相当艰苦的日子就要过去了。他们有很多朋友离开了小山,他们结了婚的子女也都另外找地方住,老妈真的憔悴多了,而且好像越来越焦虑。大房子的新人家大概可以带来以前那种好日子——

"晚安,先生,祝你好运!"灰狐狸有礼貌地说,"我知道,有新人家要来了。"

"祝你今晚快乐,先生,"老爹回答,"所有迹象好像都预示了这件令人欣慰的事。"

"我要谢谢你,"狐狸继续说,"因为昨天早上你把那些狗从我的足迹引开,我实在不善于和他们周旋。你看,我大老远从威士顿带回来一只母鸡——近来这里的野食太少了,八里路啊!去那里再回来;真是个难缠的老小姐,她又很重,当那些狗向我扑来的时候,我已经精疲力竭了,你对付他们真有办法,有办法!我要谢谢你。"

"没什么,小伙子,没什么,不足挂齿的,"老爹说,"我老是喜欢跑向那些猎犬,就是这样把他们引开,在莓草乡——"

"哦,我知道,"狐狸着急地说,"你怎么对付他们?"

"哦,只不过带他们到山谷里去玩玩,经过了几丛荆棘,最后在吉姆克利的电篱笆那儿结果了他们。笨畜生,真不能说这是一场比赛,太没水准了,在莓草乡的猎犬才是真正纯种的。对了,我记得——"

"哦,我知道了,"狐狸说着在树丛里隐没了,"还是要谢谢你!"

灰松鼠十分绝望地到处挖来挖去,他已经记不清在哪里埋了核桃,而且,去年秋天他埋的很少。

"晚安,先生,祝你好运啊,"老爹说,"好运大概是你急切需要的东西吧!"他看着灰松鼠徒劳无功的挖掘,笑笑,"老人家,原谅我这么鲁莽,您的记性可大不如前啦!"

"从来就不好,"松鼠叹了口气,"从来就记不起东西放在哪里。"他停下来休息,眺望山谷。"但是我记得其他事情,还非常清楚呢!你记不记得以前的那些日子,这小山上的事物有多么美好,那时候,这里住了好人家!记不

Rabbit Hill

记得圣诞节的时候,那些年轻人替我们准备的那棵树?那时候,那边的那棵针枞还没这么大,上面装了小灯,给你们兔子的胡萝卜、包心菜叶和芹菜,给小鸟的种子和牛油(我自己也常蘸一些),给我们的坚果,各式各样的坚果——所有的东西都漂亮地挂在树枝上。"

"当然记得,"老爹说,"我敢说,那些日子的回忆,大家都还铭记在心的,让我们祈祷那期待已久的新人家会多多少少使以前快乐的日子重现吧!"

"有新人家要来?"松鼠很快地问。

"是这样传说的,而且最近的发展好像显示有这种可能。"

"太好了,"松鼠说,于是重新精神抖擞地开始他的

搜寻工作,"从来没听人说起过——到处找东西实在是太忙了,我又有最坏的记性……"

田鼠威利跳到鼹鼠脊的尽头,尖声吹着口哨,"鼹鼠,"他喊着,"鼹鼠,出来!新闻哪!鼹鼠,有新闻哪!"鼹鼠昂起头,从土里钻出来,把他那瞎眼的脸转向威利,尖鼻子颤动着,他说:"哦,威利啊,唉!什么事这么高兴?有什么新的消息吗?"

"大新闻,"威利喘不过气地大叫,"噢,鼹鼠,真是大新闻啊!每个人都在谈论,有新人家要来啦!鼹鼠,新的一家人要来啦!在那栋大房子里,新人家……大家都说他们是庄稼人。鼹鼠,工具房可能又会有种子了,种子和鸡饲料,它们会从裂缝里掉出来,整个冬天我们都可以尽情吃了,就像夏天一样;还有,地窖里会有暖气,我们可以在墙边挖洞,这样就能住得温暖舒适了。说不定他们会种百合,鼹鼠啊,噢!要是现在能有一个脆脆的百合根,让我拿什么去换都行啊!"

"哦,又是那套老把戏,"鼹鼠忍俊不禁,"我知道,我一直挖,你就跟在后面吃百合根,对你是很好啊,但是我得到了些什么?除了挨骂以外,什么都没有,那就是我的收获。"

"何必嘛,鼹鼠,"威利很伤心地说,"何必嘛,鼹鼠,

你太不公平了。真的,你想,我们是什么样的朋友?应该分享所有东西的。何必嘛,鼹鼠,我答应……"他有点儿呜咽地说。

鼹鼠笑了起来,用他那宽大厚皮的手掌拍拍威利的背,"好了,好了,"他笑着说,"不要老是这么敏感嘛!我只不过开开玩笑罢了。没有你我怎么过日子啊!我怎么知道发生了什么事?我怎么能看得见?我要看东西的时候,都是怎么说来的?"

威利停止了啜泣,"你说:'威利,作我的眼睛。'"

"就是啦！我就是这么说的，"鼹鼠开心地说，"我说：'威利，作我的眼睛。'你真的是我的眼睛嘛！你告诉我东西的样子，它们的大小、颜色，而且，你说得真好，没有人能说得比你好。"

威利现在已经不伤心了。"如果有人布置了捕鼠夹，我也会通知你，是不是？还有，在毒饵放了出来，或者在他们要碾这片草地的时候；虽然，很久没有人来割草了。"

"当然，当然，"鼹鼠笑着，"好，擤擤鼻子去跑跑吧！我要来找我的晚餐了，最近，这里的小虫好少。"他钻回自己的小地道里。威利看见突脊慢慢伸展到草地上，在草地尽头处随着鼹鼠挖掘的动作起伏、摇摆，他跑了过去，拍着地面，"鼹鼠，"他喊，"他们来的时候，我会作你的眼睛，我会说得很好的。"

"你当然会。"鼹鼠的声音从地下模糊地传出来，"你当然会——，如果有百合根，我也不觉得奇怪。"

臭鼬鼠菲伟站在松树林边，俯视着那间大房子，旁边一阵细小声响，出现了一只红鹿。"晚安，先生，祝你好运，"菲伟说，"新人家要来了。"

"我知道，"红鹿说，"我知道，也该来啦！不过，这和我没什么关系，我是到处打游击的，但是小山上给小动

物们的食物太少了,实在太少了。"

"是的,你到处打游击,"菲伟回答,"但是,你不是偶尔也吃些园里的蔬菜吗?"

"哦,是的,如果刚好在附近,"红鹿承认了,他轻轻地嗅了嗅,"喂,菲伟,你可不可以移过去一些,到下风处好不好?就是那里,嗯,这样好,太感谢了。我刚刚说过,有时候是喜欢吃些蔬菜的,一根莴苣,或者一些嫩花菜,很嫩的——老的会让我消化不良——不过,当然我真正想吃的就是番茄啦,你要是吃一个新鲜的熟番茄——"

"你吃吧,"菲伟打断他的话,"除了替你们担心,我自己才不在乎他们是不是庄稼人呢,菜园对我的生活毫无价值,我期待的是他们的剩菜!"

"你的胃口这么小啊,菲伟,"红鹿说,"哎呀!风向好像转了,你好不好——?对,好了,谢谢,我刚刚说——"

"小胃口没意思?"菲伟生气地回答,"你不了解剩菜的好处,到处有剩菜就好像到处有人一样,有些人家的剩菜就不适合——嗯,不配叫作剩菜,但是另外有的啊,哟,你找不到更好的东西了!"

"我能!"红鹿坚决地说,"好多了!对了,换个话题吧!狐狸希望有小鸡,可能还有鸭子呢,你该感兴趣了吧!"

"鸡不错——要小的,"菲伟承认,"鸭也不错,但是

话又说回来啦,剩菜——"

"噢,天啊!"红鹿咕哝着,"风向又转了!"他退回树林里去了。

冰冷的地上还留有一层寒霜,糖蛾们的爷爷伸伸懒腰,舒展僵硬的关节,他的声音细小沙哑,但是却要用来叫醒他成千上万只冬眠的子孙。

"新的一家人要来啦!"他嘶嘶地说,"新的一家人要来啦!"声音传遍了那堆熟睡的糖蛾,慢慢的,一阵颤动流过他们难看的身体,他们缓缓地伸直身子,开始这段漫长的路程——爬出湿冷的土地,到地面上去等待新鲜的嫩草出现。

整座小山不断有窸窸窣窣的骚动声从树丛和长得高高的杂草堆里传来;小动物们跑来跑去,谈论、臆测着这件大事;松鼠和花栗鼠沿着石墙跳跃,为这个好消息

欢呼;黑暗的松林里,猫头鹰、乌鸦、松鸦大声地为这件事争论;兔子洞里不断有访客进进出出,到处全是这句重复不休的话:"新的一家人要来啦!"

## 第二章

# 妈妈的烦恼

在兔子洞里,老妈比以前更担心了,任何事情发生,不管好坏,只要扰乱了老妈平日生活的秩序,就会增添她一份烦恼。目前,这种大骚动造成了空前的狂乱,她想到了随着新人家而来的各种可能有的危险和不快,自己又虚构了一些不太可能发生的困扰,她考虑过可能会有

狗、猫或是雪貂,又想到可能有猎枪、炸药、鼠夹、毒饵、毒气等等,说不定还会有小男孩!

她想起最近流传的一个可怕谣言:有个大男人在汽车的排气管上接了一根管子,然后把它插进兔子洞里,听说好几家的兔子都被这种残酷的手段毒害了。

"喂,老妈啊,唉!"老爹安慰她,"我早说过多少次了,他们不幸的遭遇,完全是因为自己太不小心,紧急出口让储存的粮食挡住了。虽然为过冬存粮是天经地义的,但是,要是把紧急出口用来当作地窖或是储藏室,就太笨了。"

"也不知道是祸是福啊!"他看着他们空空的架子和橱柜,继续说,"近年来我们的生活陷入困境,不允许储存大量的粮食过冬,所以我们的出口一直保持着畅通,而且总是修得好好儿的。但是,我不得不说,有时候你有个不良的习惯,爱在通道里堆满扫帚啦、拖把啦、水桶啦这些不常用的家庭用具,最近我还在那里狠狠地摔了一跤呢!"

老妈赶紧把水桶、扫帚搬开,觉得安心了点儿;但是,每当东风送来一丝过往车辆的油烟味,她还是会吓得脸色发白。

她还想到,说不定那些新搬来的人会把兔子洞周围的草丛剪掉、翻耕。这点老爹承认是有可能的,但是可能

性极小。"即使真有这种事,"他说,"我们也只是需要被迫迁移而已,虽说对现在这个洞很有感情,但是这个洞实在是很潮湿,每年即使不积水,也总会有几个月份是湿答答的。最近,我还发现我有一点儿风湿的迹象,虽然说是有家族遗传,但也说不定搬到一个地势高的地方就会好多了。我对松林附近的一块地方向往已久,万一新来的人家有什么侵害行动,逼得我们不得不搬家的话,我相信,那对我们只有好处。"

老妈一想到要离开老家,不禁泪如雨下,老爹赶紧把话题转到猫狗的身上。

"说到猫啊,"他说,"这只不过是父母有没有适当训练的问题,你知道的,小时候只能让孩子闻声而不露

Rabbit Hill

面，如果他们在长到能照顾自己以前一直关在家里，如果他们学会经常提高警觉，猫的危险实在微不足道。猫长跑的能力简直是可笑，他唯一的武器就是突袭。我敢说，我教育子女非常成功，所以他们绝不会受到猫突如其来的惊吓。"

"几个孙儿，唉，我真不愿提起这件事，他们就是被惯得不像样，我们那时候哪里允许这么放肆啊！父母放纵的结果是很要命的，我希望，我的儿子啊——"他说着，严肃地看了小乔奇一眼，"我希望你不要忘记了我那些孙儿辈，像咪妮、阿瑟、伟富烈、莎拉、康坦丝和柯丽伦那种悲惨命运的教训。"

小乔奇保证自己绝不放肆。一提起那些夭折的小家伙，又惹起了老妈的伤感，所以老爹又继续说（他总要一直说到有事让他住嘴为止）：

"据我所知，狗在我们这个社区是受欢迎的,十字路口胖男人那儿的几个乡巴佬儿实在不值得像我这样的绅士去费心,不过,偶尔能和几只优秀的猎犬来场追逐战，对我来说是很好的调剂；在我长大的莓草乡啊——"

"好了,我知道,"老妈插口说,"我知道莓草乡的事,但是,想想波奇,他可是你最好的朋友——"

"波奇是个大问题,"老爹承认,"他选了在大房子边上做窝就是很不明智的举动,我经常这么告诉他。当然啦,和早先那些佃农一起是没什么关系的,即使他住

进客厅里,他们也不会介意的;但是,万一有狗的话,他现在住的地方就太危险了,如果搬来的这家人带了狗来,我就一定要和他再好好儿谈谈这件事,而且,态度要强硬一点儿。"

但是,老妈还在担心:"春季大扫除又到了,"她烦恼着,"我计划这星期就开始动手,但是,现在事情进展到这个地步,人们跑进跑出,根本就没机会;还有,阿那达斯叔公住在但伯利路那头,自从米尔杰德结婚以后,就把他一个人丢下了,他又老了,我真不敢想象他的洞里现在是一副什么模样,唉,也管不得缺粮了,我想请他来过夏天,但是,现在有新人家要来,说不定有狗,或者鼠夹、弹簧枪、毒饵什么的。我真不知道——真不知道——"

"事实上,"老爹说,"我想不出有什么会比你阿那达斯叔公来更好的了。这是有道理的:第一,就像你说的,他从米尔杰德搬走以后,就十分孤单,所以,改变一下环境,对他来说,无疑是非常有益的;第二,但伯利路那里的粮食情况,我知道,比我们这里还严重,所以,如果正如我们希望的,新来的这一家是庄稼人,那么,食物的情况就能大大地改善了,简而言之,就是他能吃得很好了;第三,阿那达斯叔公是家族里最年高德劭的,他有多年与人类相处的经验和独到之处,万一我们新来的这

家人很难对付,虽然我不希望这样,但是对每件可能发生的事考虑周到总是好的。到那个时候,他的忠告和意见对于处理这些可能发生的难题,就是无价之宝了。

"所以我建议立刻去请阿那达斯叔公来。如果不是最近几天这里有很多紧急的事需要我来处理,我很愿意自己去请他来,这是真的;不过现在任务要落在小乔奇身上了。"

小乔奇一听到这个消息,高兴得心怦怦跳,但是,他想静静地躺着,等着听老妈又开始担心,老爹尽可能地去安慰她。毕竟,他已经是个相当大的男孩了,他能跑得

和老爹一样快,而且,他也懂得很多把戏,在过去的几个月里,都是他一个人到十字路口胖男人那儿去采集食物的,他能轻易地避开狗群,每天安全地横过漆黑的道路两次。他知道去阿那达斯叔公家的路——他们全家去年秋天曾经到那里去参加米尔杰德的婚礼,为什么不该他去呢?当然,他不愿意错过小丘上发生的任何一件事情,但是,到但伯利路这趟远程旅行是很刺激的,而且,他只离开两天,在这段时间里,是不会发生什么大事的。

当他进入梦乡的时候,他还听见老妈在担心,老爹则在不停地说着——说着——说——着——

第三章

# 小乔奇的歌

天刚亮,小乔奇就动身了。老妈虽然担心,但也还是准备了一个营养丰富的小便当,加上一封给阿那达斯叔公的信一起放在一个小背包里,背在乔奇的肩膀上。老爹一直陪他走到双生桥,他们兴致勃勃地走下小山时,整个山谷就像一潭雾,圆圆的树顶像漂浮的小岛在雾潭

Rabbit Hill

里浮现,果园里传来一阵歌声,原来是小鸟们正在迎接这新的一天;鸟妈妈们叽叽喳喳,一边清理窝巢,一边嘀咕着;树顶上,公鸟们尖声啼叫,互相开着玩笑。

街上的房屋这时还在沉睡,连十字路口的胖男人和他的狗也很安静,但是小动物们都已经起来到处走动了。他们碰见在威士顿过了一夜回来的灰狐狸,他双腿发酸,睡眼惺忪,嘴角边还挂着几根鸡毛;红鹿姿态优美地跑过漆黑的路,向他们说早安,祝他们好运,但是,这是老爹有生以来第一次没时间和别人长谈,因为有要紧事要办。在这郡里,就没有其他兔子比老爹更清楚自己该做的事了——即使有,也是寥寥可数。

"儿子,"他严厉地说,"你妈妈现在正处于极度紧张的状态,你千万不可以冒不必要的危险,也不能太粗心来增加她的烦恼,要沿着大路走,但是要保持距离;碰到十字路口或桥都要小心;你走到桥边的时候,要怎么办啊?"

"躲好,"乔奇回答,"等一段时间,看看四周有没有狗,朝路两头看看有没有车,如果都没有,就很快地跑过去,然后再躲起来,四面看看,确定没被发现再继续走。碰到十字路口也是一样。"

"很好,"老爹说,"再把那些狗的名字背出来。"

小乔奇闭上眼睛,煞有介事地背着:"十字路口的

胖男人：两只杂种狗；佳丘路：达尔马希亚狗；长丘路上的房子：牧羊犬柯利，爱叫但是没有气势；北田教堂转角：警犬，又笨又迟钝；峻岭上的红色农庄：牛头犬、撒特猎犬，两只胖狗，不管事的；大谷仓的农庄：老猎犬，很棘手……"他滔滔不绝，把到但伯利路一路上可能碰见的狗的名字一一背了出来，没有丝毫错误。看见老爹赞赏

地点了头,他骄傲地陶醉起来。

"好极了,"老爹说,"还记得你的迂回战术吗?"小乔奇又闭上眼睛,很快就说了出来:"突然向右,左转;左弯,右转;猛然停住,突然后冲;左跳,右跳;虚晃一招,然后潜进荆棘丛里。"

"太好了,"老爹说,"你仔细听着:先估量一下那只狗,不要在笨狗身上浪费体力,你以后有需要快跑的时候;如果他是个赛跑能手,就快止步,回转,然后躲着不动。对了,你静止不动的技术还是相当差劲,总是喜欢耸动左耳,要特别注意。峻岭那儿是很开阔的,所以要躲在土墙的阴影里走,要留心土堆,波奇在那里有很多亲戚,如果你在任何一堆上重踏一下,他们会很乐意让你进去的,只要告诉他们你是谁,别忘了谢谢他们。一场追逐以后,要躲起来,至少休息十分钟。如果你必须卖命地跑,要系紧背包带,耳朵向后,肚子贴紧地面,然后,冲!"

"你要好自为之。注意——别做傻事,最晚明天晚上,我们等着你和阿那达斯叔公归来。"

小乔奇精神抖擞地走上双生桥,向挥手鼓励他的老爹招招手,然后就独自走了。

当他横过佳丘路的时候,天色已经灰蒙蒙的,达尔马希亚还在睡觉,显然,路那头的柯利也是一样;四周静

悄悄的,他走上长丘。当他走近北田教堂转角的时候,人们开始有了动静,厨房的烟囱冒出几缕青烟,空气里弥漫着诱人的煎咸肉香。

正如他所预料的,警犬在那儿向他冲来,但是,他只花了一点儿时间就解决了这桩事。他故意慢慢往下跑逗警犬着急,等到接近一棵埋在荆棘里的苹果树时,他突然猛地停住,向右一跳,然后就静止不动了;那只咆哮的畜生跑过他面前,毫不犹豫地跳进了那堆纠缠的荆棘里去,他愤怒的号叫声在镇定跳向峻岭的小乔奇听来,是甜美的音乐。他多么希望老爹能在那里,看到他做得多么有技巧,而且能够注意到,在他停住的一刹那,左耳动都没动一下。

Rabbit Hill

当他出现在峻岭的时候，太阳已经很高了，红色农庄的门口，臃肿的牛头犬和撒特还睡得死死的，呼吸着温暖的空气。在其他时候，小乔奇会故意把他们吵醒，好欣赏他们笨拙奔跑的样子，但是，想到老爹的教训，他乖乖地继续走下去。

峻岭是一条长长的广阔的原野，对小乔奇来说是很没趣的。一里又一里无尽的森林和草原，景色十分美丽，但是他却无心观赏景物；清澈的蓝天，明亮的白云，也十分美丽，这些美景和温暖的阳光都给他舒适感；但是，老实说，他开始有些厌倦了，于是，他自创一首短歌来减轻厌烦情绪。

歌词和曲调已经在他脑海里盘桓了好几天，但是他却没法子把它们配在一起。于是他又哼，又唱，又吹口哨，试着把歌词放在这里、那里，唱唱停停，一会儿又改了改音符，最后总算完成了他满意的第一行，于是乔奇把这行翻来覆去地唱熟，以免继续唱第二行的时候把第一行忘记了。

一定是唱歌让小乔奇分了心，这一时的大意几乎害得他丧了命。在经过大谷仓农庄的时候，他正要唱第四十七遍第一行的歌词，根本没注意到老猎犬正咆哮着向他冲来，而且已经紧逼到身后了！那距离近得几乎可以感受到老猎犬温热的鼻息。

小乔奇慌忙本能地跳了几跳,暂时跳出危险地。他用了几十分之一秒的时间来绑紧背包带,准备稳当地开始一段长跑。"不要把精力浪费在笨狗身上",这是老爹的教训。他试了几次,骤停、转弯、回旋,这些战术他知道得很清楚,可是现在都没用了。大草原太空旷,猎犬又精通这些诈术,不管他怎么转,怎么闪,猎犬总是用沉重的步伐跟着。他四下找寻土拨鼠洞,但是眼下竟然一个也没有,"好吧!想必我需要自己冲出去了。"小乔奇说。

他拉紧背包带，耳朵向后，肚子贴近地面，冲啊！他跑得可真快！

温暖的太阳舒展着筋骨，天高气爽。小乔奇的步子变得越来越大，他从未感到自己如此的身强力壮过，他的双腿像卷着的钢弹簧，这时自动地弹开，他几乎没有用力，只感到后腿拍打地面；每次着地，那些奇妙的弹簧就松开来，将他弹到空中。他跃过篱笆、石墙，把它们当作鼹鼠脊一样！噢，这简直像是在飞了！现在，当他想形

容这种感觉的时候,已经能了解燕子纪普的想法了。他回头,瞥见老猎犬已经远远地落在后头,但是仍然用笨重的步伐跟来,他年纪大了,应该累了!而小乔奇却越跳越起劲儿,为什么这老家伙还不罢休回家呢?

跃过一个小山坡以后,他忽然明白了,他竟然忘记了死亡溪!在他眼前,宽且深的死亡溪呈现出一个亮闪闪的大弯弧,他——老爹的儿子,莓草乡来的绅士——竟然被逼进这个陷阱,一个连波奇都能避免的陷阱:不管他向左还是向右转,小河的弯弧都恰好能把他包围住,老猎犬轻轻松松地就可以把他截住。什么都没有用了,只有奋力一搏!

这个令他心痛的发现并没有减缓他的速度;恰恰相反,他更加快速地跑去,他飞跃的步子变得十分惊人,风在他向后的耳朵边呼啸而过。他正如老爹所期望的,仍然保持着冷静。他挑了一个河岸高耸而坚稳的地点,目测一下要跳跃的距离,便跃身跳起。

起跳真是完美,他把每条肌肉注满力量做最后的一次蹬踏,然后跃入空中,他可以看见下面有朵朵白云映在黝黑的水里,他看见河底的小石和银色的闪光,那是惊慌的鲦鱼躲开他飞翔的影子;然后,"砰"的一声响,他着陆了,翻了七个筋斗,坐在一丛茂盛的青草上。

他停住,一动也不动,侧腹不断地起伏。他看见老猎

犬冲下斜坡,滑到河边,憎恶地望着河水,然后慢慢踱回家,滴着口水的舌头拖到地上。

　　这次激烈的赛跑以后,小乔奇不需要老爹的教训和提醒,就停下来休息了十分钟,他知道自己已经精疲力竭,而且也到了该吃午饭的时候,于是他打开小背包,一面休息,一面吃着;当时,他着实吓坏了,但是午餐结束,元气恢复以后,他的情绪又高涨起来。

　　老爹一定会很生气,会的,因为他犯了两次很愚蠢的错误,他使自己受了惊吓,又一头撞进陷阱里。但是,那一跳在兔子史上却是空前的,从来就没有哪只兔子跳跃过死亡溪,连老爹都没有呢!他记得确切的地点,估计那里的河宽最少有十八英尺!随着他高昂的情绪,那些歌词曲调一下子就排列组合成了。

小乔奇躺回温暖的草堆中,开始唱起他的歌来:

新人家来啦!嗨哟!
新人家来啦!嗨哟!
新人家来啦!嗨哟!
嗨哟!嗨哟!

没有很多歌词,也没有很多音符,曲调只是上升一些,下降一点儿,最后,结束的音符又回到开始那里,很多人都会觉得单调,但是却十分合小乔奇的口味;他大声唱,小声唱,一会儿像凯旋的礼赞,一会儿又像遇难脱

Rabbit Hill

险的故事,他一遍又一遍,不断地唱。

北飞的红腹知更鸟停在一棵小树上,他向下喊:"嗨,小乔奇,你在这里干什么?"

"去接阿那达斯叔公!你到过小山吗?"

"刚从那儿来,"知更鸟回答,"每个人都很兴奋,好像有新的一家人要来。"

"哦,我知道,"小乔奇急切地说,"我刚为这件事作了一支歌,你要不要听听啊?是这样的——"

"不了,谢谢,"知更鸟说,"好走啊——"然后就飞走了。

小乔奇一点儿也不气馁,他一边绑上小背包,准备继续他的路程,一边又把那支歌唱了几遍,这还是一支很好的进行曲呢。小乔奇一边唱着,一边走下峻岭、凤丘,绕过乔治镇,那天下午,走上但伯利路的时候,他还在唱着那支歌。

当他唱完第四千遍"嗨哟"的时候,就听到树丛里传来一个尖锐的声音:

"嗨哟——什么啊?"

小乔奇旋转身,"嗨哟——天哪!"他大叫,"哦——哦,是阿那达斯叔公!"

"当然啦!"接着阿那达斯叔公格格地笑了起来,"正是我——阿那达斯叔公!进来,小乔奇,进来——你

从家里走了这么一大段路来，如果我是一只狗的话，一定早就把你捉住了，真奇怪，你老爹怎么没教你要多加小心呢？进来吧！"

虽然老妈一直为阿那达斯叔公的家没有女人来收拾整理而操心，但是，她怎么也无法想象到小乔奇走进来的这个洞里有多么的乌烟瘴气。

毫无疑问，这是一个男人的家，小乔奇虽然羡慕单身汉的无拘无束，但是也不得不承认这里实在是太脏乱了，跳蚤又多又猖狂。一整天都待在野外，现在这屋子里的空气令他窒息，屋里有一股气味，可能是阿那达斯叔公吸的烟草味吧——小乔奇这样希望。叔公的烹饪技巧

是他喜欢的——晚餐是一棵多年前风干的芜菁。吃完这顿简单的晚餐,小乔奇提议到外面坐坐。然后,他把老妈的信拿了出来。

"乔奇,还是你念给我听吧," 阿那达斯叔公说,"我好像把那副鬼眼镜搞丢了。"小乔奇知道,叔公没有搞丢眼镜,事实上,根本没有什么眼镜,他只是不识字罢了;但是,这种礼貌上的虚伪还是要应付的,于是,他顺从地读着:

亲爱的阿那达斯叔叔:

希望您身体健康,但是我知道自从米尔杰德结婚搬走以后,您很寂寞,我们都希望您能来和我们共度夏天,而且,我们这里有新人家要搬来,我们希望他们是庄稼人。如果真是如此,我们就可以吃得很好,不过,他们也可能会带来狗或毒饵、陷阱、弹簧枪之类不好的东西,不过这也没什么了不起。我们仍然希望见到您。

国际大奖小说

爱您的侄女　茉莉

还有个脚注写着:"请不要让小乔奇把脚弄湿了。"但是乔奇并没有把这句话念出来。老妈竟然会有那种想法! 他,小乔奇,都能跃过死亡溪了,难道还会把脚弄湿吗?

"太好了,"阿那达斯叔公喊道,"好极了,真好,我正不知道这个夏天要做什么才好哩;米尔杰德和所有的人都走了以后,这里确实萧条得很,至于粮食嘛——我看过所有缺少胡萝卜的吝啬鬼,就属这附近的人最穷、最小气。我想我会去的,当然,新人家来了,情况可能会好些,也可能会不好,不管怎样,我都不信任他们;当然,我也不相信熟人家,不过对熟人家你可以知道什么不能相信,但是对新人家就什么都不知道了。我想,我会去的。你妈妈还像以前一样做得一手好莴苣豆蔓汤吗?"

小乔奇告诉他,老妈还是做汤好手,而且,他现在就希望能有一碗汤喝呢!"我作了一首关于新人家的歌,"他急切地加了一句,"你要不要听听啊?"

"我不想听,"阿那达斯叔公回答,"乔奇,你自己找个地方睡吧,我要收拾一些琐碎的东西。我们明天应该早点儿启程,我会叫你的。"

小乔奇决定睡在外面的树丛下。夜里很温暖,兔子洞很结实,他哼着自己的歌,像催眠曲一样;这是一支很好的催眠曲,因为,还没唱完第三遍,他就沉沉地睡着了。

第四章

# 阿那达斯叔公

一大早他们就出发了,因为阿那达斯叔公真的是年纪大了,必须悠闲地走。然而,他在速度上的缺点却足以由他的技巧和对乡下的熟识弥补回来,他清楚每条通路、每处快捷方式、每只狗和每处可以躲藏的地方。整天,他都在指导小乔奇一些兔子应有的把戏;对这些,他

比老爹知道得还多。

他们沿着石墙的阴影和矮树丛走；碰见有凶猛猎犬的房子，就绕个大圈；每次停下来休息的时候，一定是靠洞穴或者距离荆棘丛只有一步的距离。他们在死亡溪边停下来吃午饭，小乔奇用一种得意的神情指出他跳过来的正确位置，他们还找到他着陆时候深陷的脚印。

阿那达斯叔公用他精明老练的眼睛打量着宽广的河面。"这一跳真是惊人啊！乔奇，"他承认，"的确惊人。你老爹就不行，我自己也没办法，就是壮年的时候也不行。真是跳得好；不过，你不应该让自己受到这种惊吓的，也不应该让自己陷入这种困境。不行，这完全是你不小心嘛！我想，你老爹一定不喜欢这样。"小乔奇也知道他不会高兴的。

午餐相当简单，只有阿那达斯叔公的几片猪油，他最好的时候，也没有很多猪油的。但是，太阳很温暖，天空很蔚蓝，这位老绅士好像想要休息一会儿聊聊天儿了。

"你知道吗？乔奇，"说着，他舒服地躺进身后厚厚的草堆里。"你一整天唱的那支歌——不怎么像歌，没什么曲调，不过，却很有意义，可能你还不知道吧。我告诉你吧——因为总是有'新人家来啦'，这就是原因，总有新人家要来，也就总有新时代要来。

"你看,我们走来的这条路,记得我爷爷告诉我,他的祖父曾经告诉他,他祖父的祖父常常谈起那些古老的日子,英国的红衣士兵就是从这条路上开来的,一直开到但伯利路,同时他们还咆哮、扫射,放火烧房子、谷仓和稻子。

"附近的人到处逃窜、开枪,很多人就埋在这些果园下面;所有的家、所有的人都不见了,那才真是倒霉的时代,真正倒霉;但是,那些士兵走了,霉运过了,就会有新的人家搬来,又开始了崭新的时代。

"我们兔子照样生养下一代,照料自己的事情。新

*Rabbit Hill*

人家不断搬来,不久以后,整个山谷里全是磨坊、工厂;峻岭上的田地长满了小麦、马铃薯、洋葱,到处都是人,马车在这条路上跑来跑去,装满了小麦、麦秆,满得溢了出来。那时候对谁来说都是段好日子。

"但是,很快地,那些年轻人又大踏步地走过这条路,他们穿着蓝色制服,又唱又笑,带着一纸袋一纸袋的干粮,枪口上还插了花,但是,大部分的人却没有再回来;这里的老人死的死,走的走,磨坊塌了,田里长出杂草,霉运的时代又来了;但是爷爷奶奶也照样把我们养大,照顾好自己的事情。然后,新人家又搬来了,柏油路、新房子、学校、汽车,刚一开始,你就知道好日子又到了。

"有好的时代,也有坏的时代,但总会过去的;有好人,也有坏人,他们也会成为过去;不过,总会有新人家搬来,这就是你一直唱的那支歌的意义啦——不过,那支歌真是沉闷,真的很沉闷。我要小睡片刻——十分钟,你眼睛睁大点儿啊!"

小乔奇睁大眼睛,竖起耳朵,他可不愿意再受到惊吓了。他开始想阿那达斯叔公刚刚告诉他的那些话,但是思考总是令他昏昏欲睡,于是他到溪里洗了洗脸和手,收拾好他们的背包,看着岸上的树影,等到树影显示出十分钟过了,他就叫醒叔公,继续上路。

阿那达斯叔公要走的消息在但伯利路的小动物间

传开了,很多小动物都来到路边向他道别,祝他好运;峻岭上的土拨鼠也来了,都要让他带话儿给波奇;所以,当他们走下长丘,向双生桥走去的时候,天色已经很晚了,他们又热又累,风尘仆仆。走近北边小河时,阿那达斯叔公好像心事重重;他们在河边休息的时候,他突然解下背包。

"乔奇,"他脱口而出,"我要做一件事!对,我要做一件事!你知道,女人很可笑,对某些事情总有偏见,你妈妈更是严重。我不知道我有多少年没做过这件事了,现在却非做不可。"

"什么事啊?"小乔奇不解地问。

"乔奇," 阿那达斯叔公认真地说,"仔细听着,因

为说不定你这一生再也不能听到我说这句话了,乔奇——我要洗个澡!"

洗完澡以后,干干净净,清清爽爽,他们快步走向小山。小乔奇一心要快点到家,几乎跑了起来。他就知道,他不在的时候一定发生了很多事情,因为,大房子的屋顶上砌着发亮的新瓦,空气里弥漫着刨木屑和新油漆的香气。

老爹和老妈高兴地迎接他们。趁阿那达斯叔公把他那几件零碎东西放进客房的时候,小乔奇已经迫不及待地报告他在路上历险的事了,老爹当然对他粗心大意被

老猎犬盯住的事很生气,不过他却为小乔奇在死亡溪的那一跳感到十分骄傲,所以也就没有想象中那么严厉了。

"还有,妈妈!"小乔奇兴奋地接着说,"我还写了一首歌,是这样的——"

老爹忽然举起手示意大家肃静。"你听!"他说。他们仔细听,起先小乔奇并没有听到什么,后来声音慢慢传来。

整座小山上,小动物们正在放声歌唱,他们在唱他的歌——小乔奇的歌。

他可以听见靠近房子那边的波奇五音不全的吼声:"新人家来啦!嗨哟!"他听出红鹿、菲伟和灰狐狸的声音,田鼠威利和他的兄弟姊妹那种尖锐的高音,像远处传来的细细的和声。"嗨哟,嗨哟!"他听见模糊不清的声音从草地里传来;老妈一边忙乱地准备晚饭,一边也哼着这支歌,连阿那达斯叔公也一面高兴地嗅着汤锅,一面不时地发出一声:"嗨哟!"

木匠比尔希奇和他的伙计的卡车开下车道的时候,小乔奇听见他们吹起口哨——吹的正是他的曲子。

路那头的小茅屋里,提姆马克格拉斯快乐地敲打着他的牵引机,一整个儿冬天没用,现在要修护好;他的犁

也已经刷净擦亮,耙也准备好了,他一边工作,一边唱歌。

"你在哪里学会这支歌的呀?"他的太太玛丽从厨房窗口探出头来问。

"不知道,"提姆说,"嗨哟,新人家来啦!嗨哟,新人家——"

"这是好事,"玛丽插嘴说,"有新人家搬来是件好事,尤其是去年冬天,根本没有活儿好做。他们要来,真是太好了。"

"来啦!嗨哟!现在可有一大堆活儿好干了,"他叫着,"一大块菜园要整理,草地要碾平,北田要翻耕、播种,树木要砍,篱笆要检修,车道要铺,矮树要迁,还要养鸡,一大堆工作——嗨哟!新人家来啦!新人家来啦!嗨——"

"我不觉得这像首歌,不过,也的确不错啦!"

几分钟以后,提姆除了听见碗盘乒乒乓乓的声音以外,还有玛丽那还不错的嗓子自得其乐地哼着:"来啦!嗨哟!新人家来啦!嗨哟!"

泥水匠路易肯斯多克正往卡车上装东西。他一面把泥水抹子、水桶、钉锤、铲子、水管、水泥包等等这些明天用得着的东西往车里扔,一面高兴地哼着几乎不成调的歌,很难听出调子是什么样子的,不过,歌词倒很清楚:"——新人家来啦,嗨哟!新人家来啦!"

转角的小店里,德利先生正在整理货架,预备订购新货。他并不需要订购多少东西,因为,刚过了一个漫长而又艰苦的冬天,很少人在附近住,货架上几乎还和去年秋天一样满;但是,现在,冬天过了,敞开的门飘进来温暖春天的气息。从沼泽那边传来的青蛙呱呱的叫声,就像叮叮当当的圣诞铃声一样。

德利先生坐在高脚凳上,手里抓着货单,一边写,一边唱:"新人家——咖啡两打、腌牛肉十二——来啦,嗨哟!新人家——糨糊三瓶、火柴、胡椒、玉米粉、盐、姜

汁——来啦,嗨哟!新人家来啦——纸巾、醋、酱瓜、干杏——嗨哟!"

"嗨哟!嗨哟!"

第五章

# 顽固的波奇

接下去的几天,小山上发生了许多大事,多得连老爷都看累了。菜园已经翻了土,耙过、犁过,现在又大又宽,大约是以前的两倍,而且,每个人都为菜园四周没有围上篱笆而松了口气,花床经过耕耘、施肥,草地也翻了土,耙过碾平,可以播种了。

Rabbit Hill

北田也正在翻耕，提姆马克格拉斯开着他的牵引机，高兴地吹着口哨，看着褐色的泥土随犁头翻成一道道直直的沟畦。在波奇家门口，老爹和他欣喜地看着一切事情进行。当牵引机偶尔停下来的时候，正在砌石墙的路易肯斯多克向提姆叫道："他们打算在那边种什么啊，提姆？"

"荞麦，"他回答，"现在种荞麦，以后要翻过来种苜蓿和牧草。"

"你听见了没有？"波奇高兴地用手肘撞了老爹一下，"荞麦！我已经不知多久没见过一块好的荞麦田了，哦，谢天谢地！"

"你没听他们说到莓草吗？"老爹满怀希望地说。

"没有，"波奇说，"不过，我有荞麦就够了，我可没有那种奇怪的肯塔基口味。我想，你太太也会高兴听到这个消息的，她以前做的小荞麦饼还真好吃呢，想想哟，"他入神地叹了口气，"一整田荞麦，可以说就在我的前院呢！"

"说起你的前院，我倒想起来了，波奇，"老爹开始说了，"我要和你好好儿谈谈，你现在住的地方太危险了，万一新来的人——"

波奇粗鲁地打断了他："如果你要说的，就是要我搬家的事，你最好省省力气吧！我才不这样做呢。"他顽

固地耸耸肩,"小山上再也没有比这个洞更好的地方了,我在这里花了这么大的工夫,我才不搬家呢!"

"我是说," 老爹接着说,"万一新来的人带了狗,你这个地点直接和房子相连,真是太危险了。"

"我知道照顾自己。"波奇咕哝着。

"没有人怀疑你的勇气,波奇,当然也不小看你保护自己的能力," 老爹开始有点儿不耐烦了,"不过,你这种顽固不讲理的态度,让你的朋友太难过了。"

"我和红鹿、灰狐狸谈过这件事,我们决定,万一真

有狗来，而你还坚持不听道理，我们虽然极不情愿，也不得不用暴力把你迁到一个比较安全的地方了。我们和菲伟说过，他也十分赞成，你知道，他可以在几分钟内把你家弄得住不下去，而且，他已经准备好了，到了必要的时候，他就会这样做的。"

老爹宣读完了他的最后通牒，大踏步地走了；但是波奇只是更顽固地耸耸肩，继续咕哝："不搬，就是不搬。"

老爹找到菲伟和灰狐狸，他们正在检查新修好的养鸡场，养鸡场是用粗铁丝围成的，但是，灰狐狸已经找好、记下他准备钻过去的地点，喜欢吃小鸡的菲伟正企图在鸡笼下面挖洞。"一只小小嫩嫩的就够了，"他说，"不过，要是弄清了剩菜的情况，我就不来骚扰他们了。我只希望他们不用那种最新流行的埋在地下、有铁盖的垃圾桶就行了，那种东西太危险，该禁用的。我有个住在煤炭山那边的表哥，就掉进一个那样的垃圾桶里，起先他很顺利地打开盖子，正高兴呢，忽然'嘭'的一声，盖子掉了下来，他就被盖在里面，整夜都出不来，他一定吃够了剩菜，等到第二天女佣出来打开盖子的时候，可被臭鼬鼠熏够了。"他格格地笑了起来，"当天她就走啦！这也是活该，谁叫他们用这么危险的东西。"

"说不定他们会挖个坑,把剩菜埋起来。"老爹说。

"那样也不成,"菲伟回答,"把新鲜的剩菜和发霉的垃圾、铅罐、泥土混在一起,简直是暴殄天物嘛!不行,我希望看见的是一个旧式的垃圾桶,有一个松松的盖子。如果他们是体贴、肯替别人着想的人,那么,他们就会用这种垃圾桶。"

老爹发现这个话题有点儿倒胃口,所以就走开了;不久,便碰见田鼠威利和他的鼹鼠朋友。

"晚安,威利,"老爹说,"我想,在翻耕前,你的亲

Rabbit Hill

戚朋友都该把家从北田搬走了吧！"

"是的,先生,衷心地感谢你,"威利有礼貌地回答,"他们都很感谢你及时带给他们的警告。"

"没什么,没什么,"老爹说,"我只是凑巧听见马克格拉斯先生说,他第二天就要开始翻耕,所以就把话儿传过去了。我只希望,其他动物也能为自己着想,趁早听我劝告就好了。"

"你是说波奇呀！"威利问,"他不是个顽固的老怪物吗？"

老爹正色地跟威利说："威利,波奇先生是我们这里最年高德劭的一位,就凭这种资历,就值得你们这些鲁莽的后生小辈尊敬的了。"

"是,先生。"威利说。

"鼹鼠啊！"老爹眺望眼前这一片刚翻松的草地,继续说,"这一片漂亮的平地！你可以在这里高兴地钻洞了。"

鼹鼠抓了一点儿泥土,在爪里捏了捏,"要钻洞还嫌太松了点儿,"他说,"而且,小虫都被吓跑了！不过,两三个礼拜以后,嫩草长出来,小虫又回来了（你知道,他们就喜欢嫩草根）,那时候,我就要好好儿地找些东西来吃啦！"

这时候,小乔奇跑上来,带来很多新闻。"他们明天

来,爸,"他喊着,"是明天来,我刚听路易肯斯多克告诉提姆马克格拉斯,要把车道上的洞填好,因为明天搬家卡车就来了,那家人明天也会来。"

"太好了,"老爹说,"我们终于可以确定新邻居的品德和性情了,而且,也能知道会有什么猫或狗之类的麻烦要跟他们一起来了。对了,乔奇,不要在你妈面前提搬家卡车,你还记得小斯洛克摩顿吗?"

小乔奇记得很清楚,小斯洛克摩顿是老妈最疼爱的一个孙子,一辆搬家卡车把他轧死了;从那时候开始,老妈对搬家卡车就有了一种莫名的恐惧。

消息就像野火一样传开来。整个晚上,兔子洞里吱吱喳喳地在讨论,报信的人来来往往。老爹尽量小心不提卡车的事,却一点儿用也没有,老妈一得知新人家要来了,马上就叫了起来:"搬家卡车!"眼泪立刻涌了出来,她把围裙蒙在头上哭了好一会儿,于是要求明天把小乔奇关在洞里,直到危险都过去了为止。

"茉莉,不要这样大惊小怪的。"阿那达斯叔公安慰她说,"这样一点儿意思都没有,像那种坑坑洼洼的车道,搬家卡车根本没办法开快,连只小乌龟都轧不死。再说,我会和他在一起,如果我都不了解搬家卡车、狗啊、猫啊和人类,那就没有谁了解了。"

老妈发誓,她一整天都不要离开兔子洞,但是阿那

达斯叔公用手肘推了老爹一下,"别担心,"他格格地笑了起来,"她会和我们一起到外面看热闹的,我最了解女人了。"

第六章

# 搬家卡车

搬家的日子到了,天一亮,搬家卡车就开来了,它们吱扭吱扭、摇摇晃晃地爬上车道,司机们完全没有发现有许许多多小小亮亮的眼睛在望着他们,山桃丛里、矮树丛里、草堆里,所有的小动物都聚在一起,观看新人家的到来。灰狐狸和红鹿来到松树林边,像铜像一样动也

Rabbit Hill

不动,只有红鹿的耳朵会偶尔地转来转去,聆听一些奇异的动静,连老妈都在卡车停下休息的时候跑了出来,这时她正坐在老爹和阿那达斯叔公之间,一只手还紧紧抓住小乔奇的左耳朵。

小动物们对卸家具很感兴趣,因为这是一个很好的机会,可以从他们的东西上看出这家人的德行。老爹注意到旧红木家具上富丽的光泽,十分欣赏。"那些家具就已显示出这家人的气质,"他小声地对老妈说,"自从我离开莓草乡以后,就再没见过这样的东西——"

老爹的话被菲伟兴奋的摇晃打断了,一个没盖的旧式大垃圾桶就放在车房后面。"这就是我说的大好人啦!"菲伟满意了,"而且正放在葡萄架下面,我在同一个地方就能享受晚餐和点心啦!"

阿那达斯叔公用他锐利的眼光看着各种工具、菜园用具放进工具房里。"还没看见鼠夹和弹簧枪,"他说,"但是有很多瓶瓶罐罐——可能是毒药,也可能不是,还不敢说。"

路易肯斯多克和提姆马克格拉斯两人找到机会走近这幢房子,这样,他们可以看得更清楚。"看起来像是好人家的东西。"路易说。

"对,"提姆答道,"真是好人家,还有一大堆书呢,我不喜欢这样,读书的人常常古里古怪,我爷爷常说:

'读书腐人心哪！'不知道他的话对不对？"

"哦,这我可不知道了。"路易说,"我认识一个读过很多书的家伙,他可是个好人,可惜几年前死了！"

搬家卡车卸下东西,就吱扭吱扭地开下车道,但是小动物们却还是动也不动,他们真正关心的是这家人。到了下午,终于看见一辆汽车开上车道,这才算补偿了他们的耐心。那是一辆相当旧的汽车,塞满了行李;在一边看着的小动物们,立刻兴奋起来,每只眼睛都瞪着里面的人。

*Rabbit Hill*

首先下车的是一个男人,他抽着烟斗。阿那达斯叔公满意地吸着空气。"这是我喜欢的,"他悄悄地对老爹说,"我喜欢抽烟斗的男人,他会先给你一个警告,比方说,有人从田里走过,那时候你可能正在午睡,说不定在你发觉他们到来之前,他就已经一脚踩在你可怜的背上了;但是,一个抽烟斗的男人就不同了,尤其是像这位带着这么重的烟味,半里地开外你就知道他来了,嗯,我喜欢烟斗。"

老爹点头表示赞同,但是他的目光却不离开那位女士,她从车上取下一个大篮子,现在正将盖子打开。

老妈深吸了一口气,一只虎纹的巨型灰猫从里面走了出来,一阵寒战立刻传遍了所有的小田鼠。他伸伸前腿,伸伸后腿,然后,很气派地慢慢踱上前门的台阶,开始洗起澡来。他洗得很彻底,还张开掌心,把趾间都舔了一遍,随后,便在太阳底下躺了下来,很快就睡着了。

田鼠们这时正害怕地交头接耳,窃窃私语;老妈好像要晕倒了,但是阿那达斯叔公老练的眼光已经看穿了很多事情,他马上制止了他们的恐慌。"上岁数了!"他说,"比所有的猫都老,你没注意到他走路的姿势有多僵硬吗?还有那排牙齿,他打哈欠的时候,你们没看见吗?净是一些圆圆的老牙根。呸,根本就威胁不了谁,我还敢走过去往他脸上踢一脚呢——总有一天,我会这样

做的。"

他们的注意力现在又回到汽车上,汽车这时正摇摇晃晃、吱扭吱扭地怪响着,起先有两三个包袱掉了出来,随后好像是一大堆一起滚下来,原来有一个胖女人正将她那庞大的身躯从后门挪出来。

"喂,苏法洛尼亚,这就是我们的新家,你看,多可爱啊!"那女士很高兴地说。苏法洛尼亚看起来很不以为然,她拖着两个鼓胀的皮箱,摇摇摆摆地向厨房门口走去。

菲伟高兴地拍了拍老爹的背。"会有剩菜吗?会吗?嗨哟,嗨哟!我从来没见过像她那样体型的女人不丢出一大堆剩菜的,还有很多种类呢,鸡翅膀啦,鸭背脊啦,大腿骨啦——还煮得恰到好处呢!"

"她一定是很棒的厨子!"老爹承认,"通常还十分大方,又很清楚我们的习惯和需要。在这儿很少见,但是过去在我们莓草乡啊——"

"噢,你那个莓草——"菲伟打断了他。

"别吵了,眼睛睁大点儿!"阿那达斯叔公突然说,"看看他们有没有搬下什么鼠夹、弹簧枪、毒药、来复枪或捕网之类的东西!"

他们一直看到最后的袋子、包袱都卸了下来,拿进屋去;午后的日影这时已经移到了那只猫的身上,他僵硬地

爬了起来,伸伸懒腰,慢慢地绕到厨房门口。这时,小动物们才各自回家,一边走还一边讨论着今天发生的事。

大体上说,大家都很满意,因为,没有鼠夹、弹簧枪或其他凶器的迹象,那只猫显然构不成威胁,而且又没有狗。

黑夜来临时,大房子里又有了灯光、人声,厨房里也传来碗盘碰撞声,这真令小动物们高兴,空气里的胡桃木烟味也很宜人。小乔奇在房子附近走过,听见客厅里木头燃烧的劈啪声,他高兴地哼着:

新人家来啦!嗨哟!
新人家来啦!嗨哟!

第七章

# 读书腐人心

新来的那家人可能还不知道,小动物们坚持要考验他们几天。几天里,小小亮亮的眼睛在草堆里注视着他们的一举一动;小耳朵竖了起来,聆听着他们说的每一个字。

第一天早晨,老爹和阿那达斯叔公决定去试探那只

猫。他们打听出来他叫耄钝先生,当老爹跳过前面几尺外的草地时,耄钝先生在太阳底下,躺在台阶上,浏览新环境,他只懒懒地看了老爹一眼,便又继续观赏风景了;随后,轮到阿那达斯叔公,虽然他没有像先前说的,往猫脸上踢一脚,但是他跑得很近,还溅了些泥到猫身上。这只老猫只不过把泥抖掉,打了个哈欠,就又进入梦乡了。

看见这种情形,田鼠威利和他的几个表兄弟便大胆地在他身边围成半圆,扮鬼脸取笑他,他们跳上跳下,无礼地唱着:

耄钝先生
是只浣熊
啧!啧!啧!

但是耄钝先生只是把手爪放在耳朵上,继续睡他的觉。

"呸!"阿那达斯叔公咕哝着,"他谁都伤害不了。"

当然,老爹很急于知道新来的人是不是真正的绅士,因为他很重视礼貌和教养。终于在那天下午,机会来了,那家人开了车子出去。老爹和他的几个朋友在车道边耐心地等他们回来。当车子隆隆地开上车道的时候,老爹跳了过去,正好在滚过来的车轮前面。

那男人猛地踩住刹车,停了下来,他和那位女士都举起帽子,一同说:"晚安,先生,祝你好运。"然后再戴好帽子,小心翼翼、慢慢地开走了。

老爹非常高兴,"你们看,"他对其他的动物说,"这才是真正的绅士气派和教养。不是我要中伤以前住在这里人的礼貌,但是我不能不说,这是我从住在这里开始,第一次碰见这么和善、这么体恤动物的人;可是,在我出生的地方,这是很普遍的,在莓草乡——"

"噢,又是你的莓草乡!"菲伟哼了哼,"我可对他们的礼貌不感兴趣,我感兴趣的是他们的剩菜!"

Rabbit Hill

"菲伟,你会发现,"老爹有点儿激动地说,"好的教养和丰富的剩菜是分不开的!"

他们的争论被那个男人身上的烟斗味打断了,他正从车道上走来,拿着一块钉在木桩上的木牌、一根铁橇、一把锤子和一些其他的工具,他们凝神地看着他把这块告示牌立在车道入口处。

"上面说些什么啊?乔奇,念给我听听,"阿那达斯叔公小声地说,"又不知道把那副鬼眼镜弄到哪里去了!"

小乔奇一个字一个字地念了出来:"上面说:请——看——在——小——动——物——的——分儿——上——,小——心——开——车。"

"哦,你看,我说,这可真是太好了,"阿那达斯叔公

说,"你妈一定很高兴听到这个消息,乔奇。'请看在小动物的分儿上,小心开车!'真是设想周到啊!"

在很多方面,新来的这家人越来越符合小动物们对"好人"的标准了。有一次,灰狐狸向一群聚在山边的好朋友谈起一件更令人激赏的事。

"他们真是通晓事理、有学问的人,温和又友善。"他说,"昨天傍晚,我正四处乱逛,好像闻到了烤鸡的香味,于是就走到围起来的小院子。那里放着几把长椅,我没怎么注意;那男人又没抽烟斗,否则我就知道他在附近了,等我发现的时候,已经正好站在他眼前,简直可以说是面对面了。他正在看书,这时抬起头来。你猜他会怎么办?——什么都没做,就是这样。他就坐在那里,看着我,我也站在那里看着他。然后,他说:'哦,你好!'又继续读他的书去了;我呢,也就继续做自己的事啦。这样的人才是真正的好人!"

"还有她,"波奇赞同地点着头说,"你们有没有听说那天下午发生的事呀?那天哪,我正在田里到处挖寻吃的东西,我想,我是有些太大意了,天色还太早就跑到那么远的空地上去。忽然间,十字路口那最大的一只狗冲着我来了。当然啦,我是不会怕的,不过,也实在是处于很不利的位置,没有东西可以依靠,所以我只好站起来,引他先出手,然后再想办法应付。他鼻子上现在还有

两三年前我弄的几条伤疤，所以他也不敢贸然接近，只是开始绕着我打转，想要绕到我的背后，他在那儿又跑又叫又跳。她那时候正在院子里做事，忽然走了出来，手里还拿了个甜瓜大小的石头。

"她眼见这种情况，下定决心，把石头扔了出去。'砰'的一声，击中了他，正好打在腿上。妙啊！妙啊！那只杂种狗哀号的声音，你在煤炭山上都能听得清清楚楚。"

"真的可以哟，"老爹同意地说，"我就听到了。那天

下午,我正好到煤炭山上我女儿海柔家,就清清楚楚地听见了他痛苦的号叫。"

"你猜她后来做了什么?"波奇接着说,"她拍拍手上的泥,静静地看着我,笑笑说:'小傻瓜,眼睛怎么不睁大点儿呢?'然后又回去挖泥了。我从来没住过莓草乡,也不知道什么贵族、绅士那些名堂,不过我坚信这一点——你们谁敢反对啊——"他踏着地,挑战似的看着四周的朋友,"我相信一个贵夫人必然会像她一样,能那样子扔出一块石头。"

这时候,在波奇家的附近,起了一场小小的争执,或许这在人们的眼里是小事,但是,对于动物们来说,却具有重大的意义。

路易肯斯多克正在波奇家那儿砌新的石墙。当他接近洞口的时候,那男人就说:"别管那面墙吧,肯斯多克先生,有一只土拨鼠住在底下,我们实在不应该打扰他的。"

"不管他?"路易震惊地大叫,"你怎么能不管住在那里的那只土拨鼠?他会糟蹋了你的菜园啊!我正想明天把枪带来结果了他呢!"

"不,不许用枪。"那男人坚决地说。

"不然,我也可以弄个捕鼠夹来。"路易提议。

"不,不要捕鼠夹。"那女士也一样坚决地说。

路易迷惑地抓抓头。"哦,当然啦,这是你们的地方,如果你们要这样,那也没关系。"他说,"不过,看起来一定很可笑,在一堵新砌的墙中间还有一块塌了的旧墙。"

"噢,我想,那没有关系的。"那男人一边走一边笑着说。

路易还在抓头,提姆马克格拉斯踱了过来。"我以前跟你说过,书读得太多的人怎么样啊?"提姆问,"会把他们变得古里古怪的!你现在可看见啦!这些人像你希望的,那么和善好说话——就是太古怪了一点儿。昨天我还跟他们说,一定要把那些鼹鼠除掉。我说要带几个鼠夹来捉他们,但是他却赶紧说,就像刚刚跟你说的一样:'不,不要老鼠夹。'于是,我又说要拿些强力的毒药来放着,他又说:'不,不用毒饵。'

"然后,我就说:'有这些鼹鼠到处挖洞,我怎么能帮你理出一块漂亮的草地呢?'你猜他怎么说?'噢,那就不断地翻土吧,不断地翻,他们会灰心的。'灰心!你听听!"提姆哼了哼,"他还说,这是从一本书上看来的。"

"今天早上,"他接着说,"我告诉太太,应该在菜园周围围一道篱笆,我说:'你们要是没围篱笆,就永远不

能有菜园;这里的山上多得是动物,像兔子、土拨鼠、浣熊、小鹿、雉鸡、臭鼬鼠这些东西。'你猜她说些什么?"

"我猜不着。"路易答道。

"你是猜不着!"提姆说,"她说:'我们都喜欢他们,他们那么可爱。'可爱!你听听!她还说:'他们也会饿的。'

"我说:'不错,太太,他们是会饿,但是,等蔬菜长出来,你就会担心啦!'

"那男人这时候插话了:'我想,我们可以相处得很好,这些食物会够我们一起吃的。'我们!你听听!'这就是为什么我要把菜园弄得这么大了。'他这样说。"

提姆伤心地摇摇头:"真是美中不足,这么和善、好说话的人——就是古里古怪的,有的人会说他们是疯子。我想,就是因为书读得太多了,我爷爷的话没错,他总是说:'读书腐人心哪!'"

路易拿起他的锤子,整齐地敲开一块砖头,"好人!"他说,"真是太糟啦!"

每天晚上,田鼠威利都被派去监视那家人的生活。不过,并不是出于恶意的窥探;小动物们当然急于知道他们对小山有什么计划,毕竟这是他们的小山。

靠近客厅窗户那儿有一个接雨水的桶子,威利爬到上面就可以跳上窗台,虽然晚上很凉,壁炉里烧着火,但

是窗子仍然微微打开。威利坐在窗台的阴影里,就可以很安全地看见那家人,听他们讨论菜园的事。今天晚上,他们坐在一堆货单中间,正在开出他们要种的种子和植物的清单。

威利费了好大的劲才把它们记了下来,现在正在向大家报告。老妈、老爹、阿那达斯叔公、菲伟、波奇和一些其他的动物,都坐在兔子洞外专心听着。

"有白萝卜,"威利开始背了起来,还扳着他的爪子计算,"胡萝卜、豌豆、青豆——脆豆和扁豆——莴苣——"

老妈高兴地说:"莴苣豆蔓汤!"

"玉米、菠菜、甘蓝、芜菁、球甘蓝、花椰菜——"

"我不喜欢这些奇奇怪怪的青菜。"阿那达斯叔公嘀咕着,老妈"嘘"了一声。威利又接着说,"芹菜、大黄、洋芋、番茄、辣椒、包心菜——白的和红的——菜花、覆盆子——有黑的、红的——草莓、甜瓜、芦笋——我记住的就是这些了——噢,还有黄瓜和番瓜。"

威利总算结束了他的报告,喘了口气。立刻,在这群小动物间引起了一阵兴奋的嗡嗡声;很快地,他们的谈话变成一连串的争执,讨论哪一家该吃哪一种蔬菜。这时候,老爹站了起来,拍拍手叫大家注意,他们立刻静了下来。

"我们都知道,"他严肃地说,"我们小山上的规矩是要在分食夜解决这些问题的,今年五月二十六日晚上,

我们要像以往一样,在菜园集合,按照每一家动物的习惯和口味来分配食物。"

"那我怎么办?"阿那达斯叔公问,"我只是来这里做客的!"

"你是我们家的客人,"老爹答道,"当然会一样照惯例来分配啦!"

"这还差不多!"阿那达斯叔公说。

第八章

# 威利悲惨的一夜

莓草几乎要了威利的命!事情是这样的:那天晚上,他和平常一样,坐在窗台上,看着那家人,听他们说话。这天,他们已经结束菜园计划,正在谈论草种,威利对这个话题没什么兴趣,只是随便听听。忽然,他像触电般地听见一个熟悉的字眼。

"这本书上提到,可以把小糠草、白苜蓿和肯塔基莓草种在一起。"那男人说。

莓草!肯塔基莓草!兔子老爹一定非常喜欢!要马上告诉他才行!

匆忙和兴奋使威利变得不可原谅的大意,他应该记得雨水桶的盖子又旧又破,上面还有几个危险的大洞,但是他忘了!当他从窗台上跳下来的时候,就正好掉进一个洞里,一掉下去,他就狂乱地想抓住一样东西,但是腐烂的木头在他的爪下碎裂,他就这样掉进了冰冷的水里。

他喘着气浮上来,寒气似乎把他肺里的空气全赶了出来,但是,他想办法在水把他淹没之前发出一声求救的尖叫。这时候他很虚弱,勉强挣扎到桶边,但是桶子上长了青苔,滑得很,他的手又麻木得抓不牢,他再次微弱地尖叫了一声——为什么没有人来救他?老爹、小乔奇、菲伟呢?当水淹没他的时候,他隐约感到一阵嘈杂、一线灯光,随后,光灭了,一切都消失了。

不知过了多久,威利张开了眼睛,隐约感到自己仍然是湿漉漉的,忍不住地颤抖着,他好像躺在一堆白白软软的东西里,像个舒服的窝,他还看见跳跃的火光,感到柔和而又温暖,然后,他又闭上了眼睛。

当他再度睁开眼睛的时候,看见那家人的脸正俯视

着他。看到人如此地接近自己是很可怕的,他们看起来很庞大,像噩梦里看见的东西。他想钻进软软的棉花里,却忽然闻到一股热牛奶的香气——有人在他面前拿了一支滴药管,尖端上正挂着一滴白牛奶,威利虚弱地舔了一下——香甜可口!牛奶里还放了别的东西,在他的体内产生了一股暖流,他觉得有点儿力气了,于是吸干了滴管,啊!好多了!他的肚子里胀满了暖暖的食物,眼皮垂了下来,又睡着了。

威利没能回来向等在兔子洞口的大伙儿报告消息,使得动物们惊慌失措起来。老爹和阿那达斯叔公立刻组

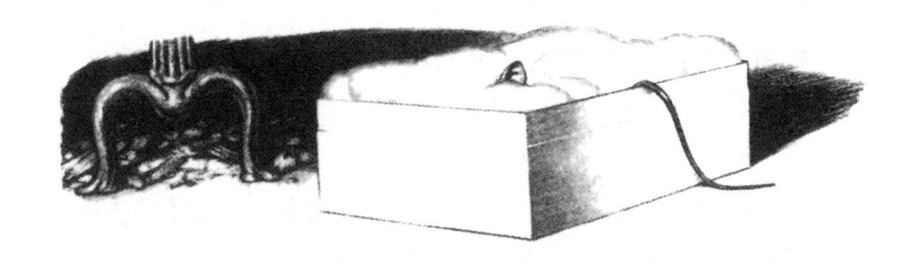

织了一个搜索队,但是却找不到他的踪迹。

　　菲伟刚刚在垃圾桶里大吃过一顿,他说他曾经听见一声老鼠叫,而且看见那家人从家里拿着手电筒跑出来,在雨水桶那儿忙了一阵,不过,做些什么他就不知道了。

　　威利的大表哥爬上窗台,可是窗户关上了。他们又叫醒灰松鼠,让他上屋顶察看,他在楼上每个窗户边细听,却没发现什么不对劲。

　　"一定是那只老猫!"阿那达斯叔公一声大吼,"那个鬼鬼祟祟、伪善的骗子、恶棍,假装他很老,不会伤害别人,我真恨不得能像我以前计划的那样,往他脸上踢一脚!"

　　波奇却归罪于提姆马克格拉斯。"一定是他和他的鼠夹!"他争辩着,"他老是说什么鼠夹、毒饵之类的东西,可能他已经说服那家人装上鼠夹,才捉住威利的。"

　　老爹没说什么,不过,他和阿那达斯叔公、小乔奇像撒特猎犬似的整夜搜索整座小山,他们搜遍每一寸田

地、墙壁、每一处树丛、草堆,直到早上,他们彻底绝望了,疲倦地回到洞里;老妈红着眼睛,吸着鼻子,准备了热气腾腾的早餐等着他们。

在这些动物里,要数鼹鼠最生气、最伤心了,他失去了自己的伙伴、自己的眼睛,根本没办法参加搜索工作。

"我要给他们点儿颜色看!"他冷冷地说,"我要给他们点儿颜色看!让这里永远长不出一棵草——永远不!永远留不住一棵小树根,我要把它们撕裂,连根挖起,我要挖、要钻,要把从这里到但伯利路的每一个亲戚朋友都找来,把这块地翻了,直到他们决定不再——"

他一边说着,一边狂乱地钻进刚翻好的草地,他威吓的声音在地底下变得嗡嗡地不清楚了;整夜,其他的动物都能听见他嘀咕的声音,看见地面上起起伏伏,像汹涌的海浪一样。

第二天一早,天才灰白,威利醒来了,房间里很寒冷,不过,壁炉里还有几块余烬在冒着烟,砖头冒出宜人的暖气,他从睡觉的硬纸盒里爬了出来,向烧着的煤块边移近,他的筋骨又僵又酸,还是有点儿站不稳,不过已经觉得好多了。他稍稍整理一下,伸伸懒腰,觉得越来越舒服,热牛奶和里面放的东西可真是好吃!他应该赶快回家的,可是却出不去——所有的门窗都关了起来。

Rabbit Hill

这时太阳已经升起,他听见脚步声穿过房子走来,忽然又闻到那男人烟斗的气味,也听见耄钝先生轻柔的脚步声,他紧张地想找一个藏身之处,但是却找不到什么好地方,壁炉两边的书架从地板堆到天花板上,绝望之下,他只好跳到第一排书上,缩进最暗的角落;这时,门开了。

这家人一进来就检查那个盒子。"咦,他不见了,"那男人说,"一定是觉得好多啦!不知道跑哪儿去了?"

那位女士没回答,只是看着耄钝先生,他懒懒地走向书架。

威利尽量缩进角落,他的心怦怦乱跳,那只大猫愈来愈近了,他的头现在显得十分巨大,嘴巴张开,两排白森森的尖牙露了出来,双眼像燃烧的焦煤。威利吓僵了,只能无助地看着红红的大嘴越张越大,他闻到热热的鼻息里充满了罐头鲑鱼的气味。

这时,耄钝先生打了个喷嚏。

"他在那里!"那女士静静地说,"在书上,角落里。来,耄钝!别去烦那个可怜的小东西,他已经够受的了。"她坐了下来,那只猫僵硬地走了过去,跳上她的膝盖,趴下来睡觉。那男人打开门,也坐了下来。

过了好一会儿,威利才回过神儿来,心跳恢复正常,他试着向前走,起先一寸一寸往前挪,看到没什么动静,

国际大奖小说

于是他开始绕着房间跑,靠着墙或者碰到家具才敢停下来,现在,他已经差不多到了门边,在最后的冲刺以前,他很快地扫视室内。

那位女士仍然静静坐着,手指缓缓地抚摸着耄钝的下颏。耄钝微弱地打着鼾,和那男人的烟斗发出来的一阵阵呼呼声混成一片。

一个箭步,威利就冲了出来。在阳光下,他跑过台阶,虽然刚刚获得自由兴奋得不得了,但是也被屋前草地的样子吓得停住了脚步。刚碾平的草地上,现在被鼹鼠弄出了横七竖八的条纹,几乎没有一块地得以幸免。他跳到最近的一条凸起的地脊,挖了两下,便跳进地底的通道去了。

"鼹鼠!鼹鼠!"他一边跑一边叫,声音在地道里回响,"我回来了!鼹鼠,是我——小威利!"

提姆马克格拉斯叉着腰,站在屋前草地上,看着他

辛苦劳作的成果被糟蹋,他的两颊红得发紫,脖子上的青筋绷着,压抑着怒气。

"你看看!"他生气地说,"你看哪!我跟你们说过鼹鼠怎么样呀?但是,'不,不用鼠夹!当然不!也不用毒饵!'噢,天啊,现在看哪!"

那男人抱歉地吸着烟斗,"一塌糊涂,是吗?"他说,"我想,我们要再碾一次地了。"提姆马克格拉斯仰望天空,轻轻地说:"我们要再碾一次地了!再碾一次地!噢,上帝,给我力量吧!"他精疲力竭,迈着沉重的脚步走去拿他的耙和碾土机。

第九章

# 分食夜

白昼一天天加长,太阳一天天爬高,随着白天的延长,小动物们的情绪也日渐高昂。菜园里,排排鲜绿的蔬菜正在茁壮地成长,草地上新生的青草铺成厚厚的地毯,光滑美丽。鼹鼠因为上次捣乱造成极大损失而感到不好意思,所以就远远地离开草地;每晚老爹都在察看

莓草，莓草长得慢，今年不会长得多高，不过明年夏天——太棒了！波奇从洞口满意地浏览那一片茂盛的荞麦田。

养鸡场里，不计其数的小鸡不停地跑着、抓着，母鸡们咯咯地责骂着她们的宝宝，菲伟和灰狐狸经常在傍晚时分在那儿逗留，勘察地形。不过，菲伟已经相当满意苏法洛尼亚丢剩菜时的慷慨大方，所以对小鸡的兴趣大为降低。他还说服狐狸尝一尝她的烹调技术，起先狐狸不以为意，还是偏爱鸡肉，但是在尝了苏法洛尼亚用南方口味烧烤的鸡翅膀以后，已经大为所动，现在经常加入菲伟的午夜大餐了。

每天晚上，动物们都到菜园里察看，他们仔细看过放在每排蔬菜后面的种子袋，不时对这些漂亮的图片发出赞叹；当然，小乔奇必须一一念给他那丢了眼镜的阿那达斯叔公听。

每个动物都暗自记下自己一家人爱吃的蔬菜，为分食夜做准备。期待已久的那一刻终于到来了，而且比往常少了许多争执，因为菜园大得已足够所有的动物分享。

那是一个皓月当空的夜晚。小山上的动物聚在一起，纷纷提出他们的要求，菲伟和灰狐狸因为不是菜食动物，所以由他们当裁判，才可以做出公正无私的决定；

老爹当然说了最多的话。

这天出现了一个前所未有的问题,田鼠威利和他的亲戚为了报答这家人的救命之恩,提议为这家人留出一块他们专用的菜园。老妈热烈地附议,因为她被车道边的告示深深感动。接着,他们展开一场激烈的辩论,但是,波奇好像代表了多数人的意见,他说:"让他们和我们一起碰碰运气吧!他们也没理会我们的要求,为什么要给他们特殊待遇?那样太不民主了。"于是,提案被否决掉了。

对阿那达斯叔公的优待似乎有些过分,毕竟他不是小山上的居民,不过,因为他是老爹和老妈的客人,老爹和老妈又都是很受尊重的,所以没有人敢当面表示不满;只是在背后有些闲话罢了。

大体上来说,这次会议和以前大不相同,比以前要有秩序而且圆满得多,以前贫瘠荒废的菜园总是会引起一大堆的争论。

老爹在他的闭幕演讲时提到这个看法,他说:"我们从这户慷慨而又有教养的好人家中得到的真是不少。

他们现在种的庄稼，给了我们多年来最丰饶的菜园，所以我希望不需要我再强调，各位要严守小山上一贯的规矩和法则。

"每一家的配给只是这家人专用独享的，要是有人敢侵害并非已有的财产，就要被驱逐出境。

"万一哪一家分配到的蔬菜收成不好，我们的救济

委员会会另外划给他们一块地方的。

"最后，要注意，在仲夏夜之前不可以去碰任何蔬菜，这项规定十分重要，因为，根据以往的经验，过早侵害农作物只会给我们带来日后的困境，所以必须让它们充分地成长才会有更多的收获，这样对大家都有好处。我希望大家要有耐心和自制力，好让我们这些负责执行规章制度的，不需要处理任何惩戒事宜。波奇、狐狸，我也要提醒你们，这项禁令包括荞麦、小鸡、小鸭和各种蔬菜啊！"

"这对我毫无影响。"菲伟高声地说，"从来没有禁食剩菜的季节。狐狸，来啊！今天晚上又有烤鸡吃了！我提议散会！"

小动物们十分满意地各自回家，一群年轻的还一边唱着："快乐的日子又来到！"当然，到仲夏夜还有一段

时间,不过田里已经青绿,还有充分的天然粮食;这块菜园的确会有丰盛的收成。主妇们计划着各种腌渍食物,老妈提议要有一个盼望已久的新贮藏室,阿那达斯叔公可以帮忙挖地,小乔奇也会用各种工具来做架子了。乔奇刚到十字路口胖男人那里去拿了些早上采购时忘了的东西;老妈在洞口前计划着她的新贮藏室。

忽然,平静的夜里传来一阵令人厌恶的声音,这给小山上的居民带来了恐慌——一声长长的尖锐的煞车滚动轮胎摩擦地面的声音。所有的声音都冻结了,漆黑的道路上传来一个男人的咒骂,马达声再度响起,车子

又发动了。

老妈尖叫一声"乔奇!"——然后就晕了过去;老爹和阿那达斯叔公赶紧向路上跑去,他们听见红鹿冲下小山时撞断了树枝,波奇像风一样的疾奔,田鼠也快步跑来。

虽然他们的动作很快,但是房子里的那家人却比他们还要快,老爹听见他们在碎石车道上奔跑的脚步声,还看见了手电筒的亮光。

动物们挤在树丛里,探头望着恐怖的漆黑的道路,那家人俯视着一个软趴趴的小东西。他们听见那男人说:"喏,手电筒拿着。"看见他脱掉外套,铺在路上,说:"好了,好了。"然后跪下去,轻轻包起那样东西。他们看

见他慢慢地走上车道,小心地捧着那包东西;他们看见月光下,那女士脸色惨白,紧皱着眉,听见她说了一些贵妇人从来不说的话。

第十章

# 乌云掩盖了小山

小山上笼罩着一片愁云惨雾,因为小乔奇是年轻动物里最讨人喜欢的,他有着年轻人的热诚和乐观,使得老年人的日子过得十分愉快;他任劳任怨,是老妈的无价之宝;对老爹来说,他不但是个乖巧的孩子,更是个最佳的觅食伙伴,往日一起长跑,许多次欺骗那些笨狗,现

在全回到可怜老爹的脑海里，给他带来无限的悲恸。

老妈躺在床上，他们的女儿海柔从老远的煤炭山被叫回来主持家务，她不善于烹调，又带来了三个小孩，他们叽叽喳喳地吵得阿那达斯叔公几乎要疯掉了，所以他尽量远离兔子洞，成天和菲伟、波奇或红鹿待在一块儿度过漫长悲苦的日子。

"他可是赛跑健将呢！"红鹿伤心地说，"赛跑健将啊！以前好几次，他和我一起跑到威士顿路去，没什么事，只是好玩儿而已，早餐前跑一趟来回。他实在是年轻力壮，有时候我问他：'你累了吗，乔奇？'他只是笑着说：'累？只不过暖暖身子罢了。'——随后又跑走了，害得我

Rabbit Hill

不得不放开大步追上他。"

"他还是跳远能手呢!"阿那达斯叔公说,"他曾经跃过死亡溪,我亲眼看过那里——整整十八英尺!对他来说却像一英寸那样简单。在兔子这个群体里,我看这不但是空前,大概也是绝后了。"

波奇摇摇头:"他也很乐观,总是又笑又唱的,老天真不公平!"

"该死的汽车!"阿那达斯叔公生气了,"我要给他们点儿颜色看看!等某一个下雨天,那条漆黑的道路又黑又滑的时候,我要躲在山脚转弯处,等他们冲过来,我就在前面跳过去,好吓他们一跳,害他们猛踩煞车,让车子又冲又滑地撞到旁边的石墙上。

"年轻的时候,在但伯利路,我常常一不高兴就干这种事,我曾经让四辆车子撞上那边的一座小山,有三辆还相当严重呢!不过,现在太老啦!"他无奈地叹了口气,"手脚已经不够利落了,他们一定会撞上我的。"

他们伤心地静静坐着,松林的影子慢慢爬下小山,夕阳把荞麦映成一张闪耀着金黄色的地毯。"差不多每天这时候,他总是会跑过来," 波奇说,"总会叫:'晚安,波奇伯伯。'家教真好,总是叫我'伯伯',老天太不公平了!"

仲夏夜一天天临近了,但是却没能驱散小山上的愁

95 兔 子 坡

云。小动物们没精打采地看着蔬菜一天天成长,羽毛般的胡萝卜头、嫩豆蔓和多汁的卷须、刚结球的莴苣、翠绿的花椰菜、饱胀的豆荚,这些在以前会使他们狂喜,但是,现在好像没有人去关心这些事了。

对老爹来说,仲夏夜带来的悲愁多于喜悦,他们曾经计划今年来个小小的庆祝:在贮藏室装满以后,他和老妈将有一个相当富裕的家,他们计划邀请所有的邻居,要准备莴苣豆蔓汤,还有几小瓶珍藏了很久的桂花酒,他们要唱唱笑笑,玩各种游戏,就像以前的好日子一样——现在,这计划只好作罢了!

新的贮藏室还没开始盖,他和阿那达斯叔公都没心

情做——小乔奇本来要做架子的!老妈也懒得计划她的腌渍食物了,最近,她才刚能在摇椅上坐起来。

　　傍晚,老爹坐在洞外,洞里的小家伙们不停地叽叽喳喳地实在是让人待不下去,海柔自己又不小心,常把碗盘弄得乒乓作响;不远处,阿那达斯叔公正在假寐。

　　忽然,老爹感到有一群小动物跑下山来,他听见田鼠威利激动的声音和他那群表兄弟的尖叫,他看见黑白鲜明的菲伟和摇摆着身躯的波奇。当他们接近兔子洞的

时候,威利喊了起来,他的声音激动得有些哽咽。

"我看见他了!"他疯狂地喊,"我看见他了!阿那达斯叔公,醒醒,我看见他——我看见小乔奇啦!"

喊声立刻引起了一阵骚动,海柔冲到门边,手上还滴着洗碗水,她的三个小孩叫得比以前更大声了,田鼠疯狂地叽叽叫,老妈蹒跚地从摇椅里站了起来,阿那达斯叔公从椅子上跌下来,"叫那些小鬼静一静!"他爬了起来,吼着,"怎么有人敢——"每个小动物都七嘴八舌急着发问。

菲伟用他的前脚跺着地,"肃静!"他大叫,毛茸茸

的尾巴翘了起来,"谁敢再讲一个字,我就——"大家立刻安静下来,因为菲伟向来是说到做到的。"好,威利,"他平静地说,"继续讲吧!"

威利喘着气说:"哦,我在窗台上——雨水桶已经换了个新盖,我试了一下,还真结实——我在窗台上,往里瞧,看见了他——我看见小乔奇啦!他躺在那女士的膝上,就在她膝上,而且——"

"那只叫什么鬼的老猫呢?"阿那达斯叔公打岔说,"他在哪里?"

"他在那儿,也在那里,而且——他还替小乔奇洗脸呢!"

听到这里,立刻爆发出一阵不相信的叽喳声,菲伟不得不再度翘起尾巴。

"他真的这样做,"威利接着说,"洗耳朵和整个脸,乔奇好像很喜欢,有一次,他还低下了头。耄钝先生,就是那只猫呀,还替小乔奇抓颈背呢!"

"大概有跳蚤。"阿那达斯叔公说。

"我看到的就是这些,我想应该让你们知道,所以就立刻回来了——就是这样。"

"他——他看起来——还好吗?"老妈急急地问。

威利迟疑了一下,"哦,他——好像——不错。他的后腿,就是用来跳跃的那两只,好像用绷带绑了起来,并

用一根小棍子固定着。"

"他还能走吗?"老爹马上问。

"哦,我不太清楚。先生,你知道,他只是躺在她的膝上,那女士的膝上——我不知道——不过,他看起来真的很舒服、很愉快。"

"谢谢你,威利。"老爹说,"你真是个好孩子,好眼力,又知道同情别人,我们听到你的消息真是太高兴、太感激了,我们急切地盼望你能发现更进一步的消息。"

大家放心了,高兴地发出一连串叽喳的问话和猜想,令人高兴的消息很快传遍了小山,笼罩在小山上的愁云终于像早晨的雾一般散开了。

每个人都来道喜。老妈当然还很担心,不过,她的眼里已经闪现出了光芒,这是自从那个恐怖的夜晚以来都没见到过的;老波奇——在社交场合里一向害羞、孤僻、不自在的波奇——笨重地走过来,向老妈伸出他那满是泥土、结了茧的手掌,老妈禁不住哭了。他口齿不清地说:"太太,太太,我……我们……呃——唉,算了。"然后,很快地走开了。

## 第十一章

# 努力奋斗

第二天一大清早,老爹和阿那达斯叔公开始盖新的贮藏室,笼罩在小山上的死气沉沉已经完全不见了。老妈高兴地忙着做家务,不时地哼上两小节小乔奇的歌。海柔和她的三个小鬼也被老爹和老妈千恩万谢地送回了家,阿那达斯叔公更是巴不得他们赶快走。"现在总

算可以让人休息一会儿，耳朵也不必担心被吵掉了。"他一边忙着铲土，一边嘀咕。

日子一天天地过去，贮藏室渐渐有了成绩。不过，大家虽然快乐，却仍然有一点儿担心，因为田鼠威利再也没有看见过小乔奇了。

每天晚上，他都遵守诺言，爬上雨水桶，往里面窥探，但是这家人在楼上也有个起居室，而且最近大部分时间也都在那里度过。小动物们都睁大眼睛、竖起耳朵，但是，却没有看到小乔奇的踪影，也没有听到他的消息。

他们确信他还留在那里，因为每天早晨，那女士会采一篮子苜蓿、胡萝卜、嫩豆蔓和青莴苣叶回去，看她采的东西就可以判断乔奇仍在那里，而且胃口很好。

好几个礼拜过去了，仍然没有消息，仲夏夜已经不远了。慢慢地，大家焦躁渐增，脾气也变坏了。老爹和阿那达斯叔公是被他们自己做木工的技术惹恼的。贮藏室里的架子要是小乔奇来钉是易如反掌的，但是他们却花了无数天的时间，而且还不知道敲到了几次手，做好了以后，又歪歪斜斜、摇摇晃晃的，完全白费了他们的苦心和工夫。

阿那达斯叔公在连续四次敲到拇指之后，气得扔下锤子，出去找波奇去了。焦急和恼怒慢慢地在他心里产生了一种怀疑，现在他说了出来。

"你知道吗？"他说，"我一点儿也不相信新搬来的这家人，真替小乔奇担心哪！你知道我想到什么吗？我想他们是拿他当人质，听清楚我的话！等到仲夏夜，我们要是敢碰一下那些蔬菜的话，他们就会折磨他——或者可能把他弄死。"

"说不定现在就在折磨他了，"他阴郁地接着说，"又打又骂还审问他，要他把我们的事全说出来。比方说，我们的兔子洞在哪里等等。这样他们就可以用毒饵、鼠夹或弹簧枪了。威利说过，他的腿上绑了棍子，我看是什么刑具吧！我一点儿也不信任他们，也不信任那只老猫，我要往他脸上踢一脚才痛快。"

阿那达斯叔公怀疑他们在耍阴谋诡计的事立刻传到每只小动物的耳朵里，很快引起了激烈的争论，老妈和老爹拒绝相信这家人是坏蛋，菲伟和灰狐狸也支持这种想法，他们坚信会扔出这么丰盛剩菜的人家一定是又善良又仁慈的。

可是，很多动物却都站在阿那达斯叔公这一边，辩论、争吵越来越多，像平常一样，到处流传着毁谤的谣言。有人很晚还看见那家的起居室里亮着灯，又听见一些奇怪的声音，那个声名狼藉的骗子袋鼠还确凿地说，他听见小乔奇痛苦地尖叫。

事情越来越糟，并且竟然下起春雨来了。一天又一天，低垂的乌云从东方飞来，翻过山谷，不停地下着大雨。烟囱冒烟，动物们困在家里，冷得发抖，贴近自家的壁炉。对菜园来说是好天气，但是对动物们的脾气来讲，却是糟透了。

每天，老爹踩着烂泥，冒着细雨，爬过小山去探听小乔奇的消息，然后淋得湿漉漉满身泥浆地回来，小乔奇却仍是杳无音信。阿那达斯叔公整天坐在火炉旁边，吸着他那臭烟斗，唠叨着一些不祥的预兆；这样下去，他们迟早会吵架的。终于有一天，他们开始恶语相向。老妈哭

Rabbit Hill

得十分伤心，阿那达斯叔公气得从洞里跑出去，和波奇住在一起了。他在那里成了激进分子的领袖，整天都在为仇恨疑惧火上浇油。

连波奇都承认他有点儿恼火了，但是那些比较愚笨的动物却急切地相信每一种疯狂的猜疑，因而越来越激动起来，有些更极端的，还建议要破坏小山上的规矩，不等仲夏夜，就要废掉菜园、草地、荞麦田和花圃，毫不留情地杀掉所有的小鸡、小鸭、公鸡、母鸡。

在一次狂乱的会议上，老爹费尽唇舌，红鹿发挥权威，才说服那些动物要遵循古老的规矩和风俗；另外，风向改变，天气放晴，也缓和了动物们紧张的神经和即将

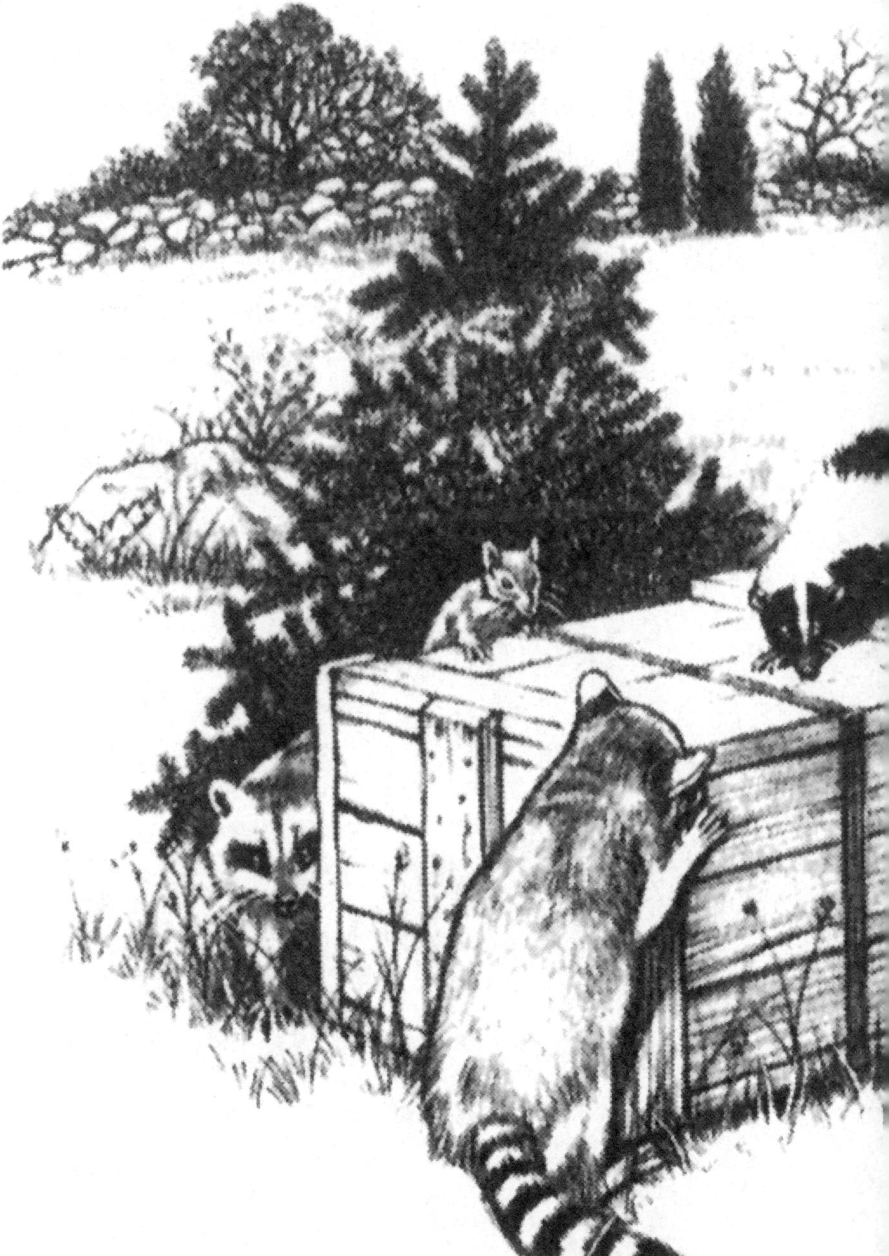

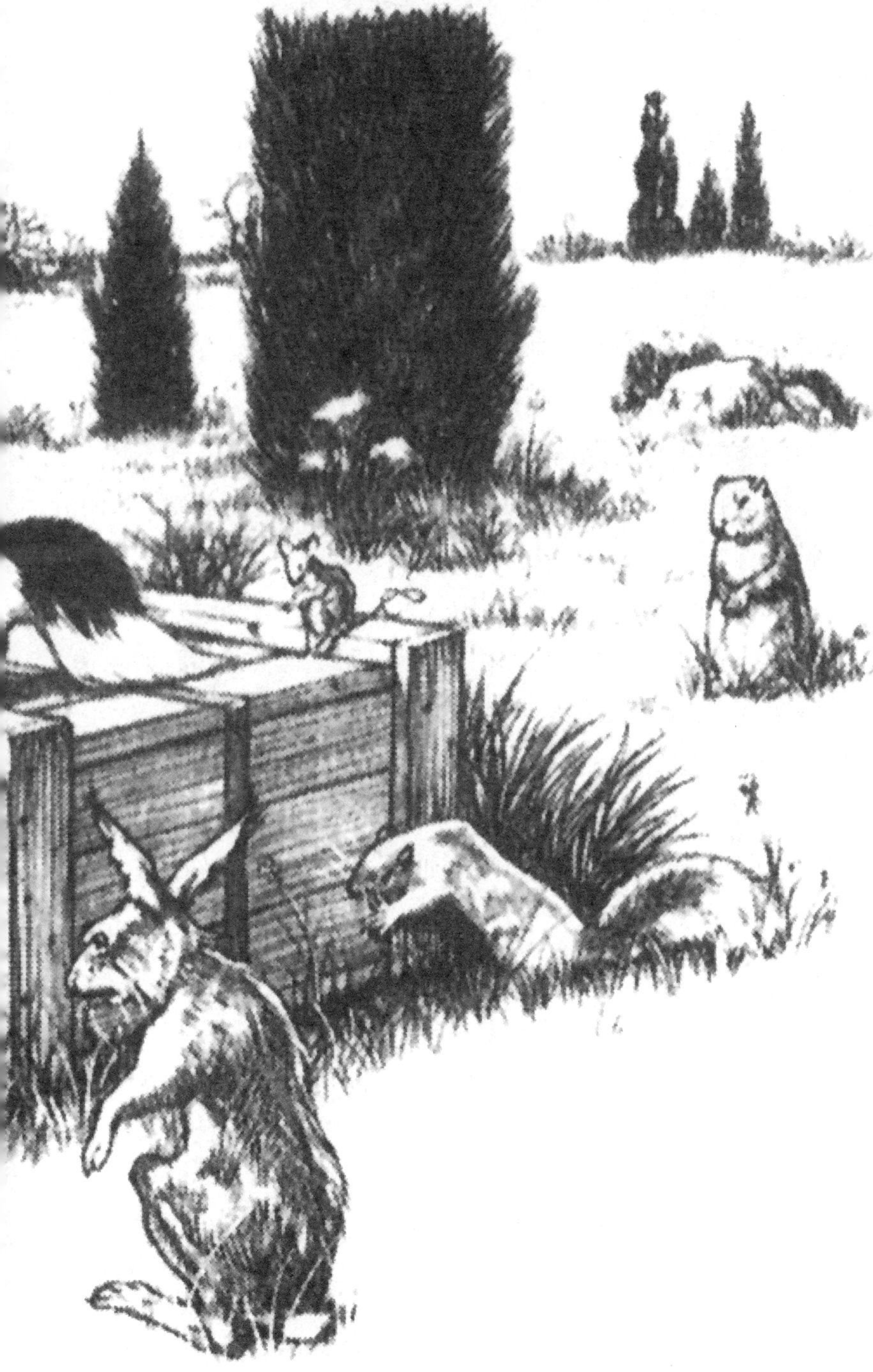

破裂的情感。

路易肯斯多克在菜园的后面忙着做活儿已经有好长一段时间了。那是一个可爱的地方,一块小小的圆形草地,向菜园倾斜过来,被一棵大松树挡着,那里有两张石椅,那家人在暖和的黄昏里,经常坐在那儿,所以,小动物们没办法看清路易在做些什么。

小动物们开始猜测那是什么,阿那达斯叔公很快有了解释。

"他们在盖一座监狱,"他大叫,"他们在为小乔奇盖一座监狱,他们要把他关在铁栏杆后面,锁在那里。如果我们敢碰一下他们的蔬菜,他们就打他、揍他、饿他——说不定还往他身上浇滚烫的油呢!"

仲夏夜越来越近,小山被沸腾的疑惧、恐慌和不安笼罩着。一个很重的长木箱的到来,更增加了紧张的气氛。

提姆马克格拉斯的卡车把它运来,他、路易、那男人和几个帮工合力才将它抬了下来,放在板车上,运到松树下路易工作的小草地那儿。马上,阿那达斯叔公又发布了一个新的谣言:"箱子里面可能是鼠夹、弹簧枪、毒饵或毒气之类的东西。"

一阵敲敲打打之后才打开了箱子,路易和他的帮工

忙了一两天,那家人不断地忙进忙出,直到仲夏夜那天下午,工作才结束。东西被收拾干净了,做好的东西被蒙在路易的防水帆布里,中间竖了起来。帆布看起来很像一座帐篷,在夕阳下闪耀。

波奇和阿那达斯叔公在远远的山麓上一块安全的地方,怀疑地打量着。

"是绞刑台!"阿那达斯叔公阴森森地说,"是绞刑台,他们要吊死小乔奇!"

## 第十二章

# 大家吃个饱

太阳下山了,西方的金辉慢慢褪成清凉的青蓝。起先,金星在松林下独自灿烂闪烁,但是,接着,夜幕低垂了,小星星也开始出现,新月在高高的天空里荡漾,像一把银色的镰刀。

暮色加重了,整座小山响起窸窸窣窣的声音,小动

物轻盈的小脚踏过草堆，走向菜园——今晚是仲夏夜，动物们要聚会了。

在小草地边上，那家人安详地坐着，大松树下很阴暗，只能看见灰白的石椅上男人的烟斗一闪一灭。像帐篷似的灰色防水布顶上，惨白的月光像一堆烽火，向所有的小动物们召唤。他们没有往菜园聚集，反而向这块小草地靠拢过来，慢慢地，静静地，他们一步一步地越过高高的草堆穿过矮树的阴影，最后，这块空地的旁边已经围满了看上去非常紧张的小动物，他们期待着不可知的事情发生。

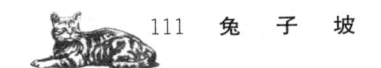

月光更亮了，小草地像一座光亮的小舞台，他们看见那位女士一动也不动地坐在椅子上，在她旁边是打着瞌睡的耄钝先生，四周静得可以听见他咻咻的呼吸声。

忽然，阿那达斯叔公打破了沉寂。他摇晃着站到空地上，声音粗鲁沙哑地叫着，他的眼睛凹陷，双耳发狂般地竖了起来。

"他在哪里？"他狂乱嘶哑地叫道，"他在哪里？那只鬼猫在哪里？让我来修理他，他们不能吊死我的小乔奇！"

老妈从树丛里跳了出来，叫着："阿那达斯叔叔，回来！噢，拉住他！"

忽然，那女士的膝上动了一下，然后传出小乔奇清脆愉快的声音，"妈妈！"一个小小的身影跳到地上，跑过空地，"妈妈，爸爸！是我，小乔奇！我很好——你们看——看啊！"

在明亮的月光下，他在草地上跳跳蹦蹦，不停地跑来跑去，他跳过阿那达斯叔公的头，翻了一个筋斗，他跳上石椅，顽皮地在耄钝先生的肚子上踢了一下。这只老猫懒懒地将他抱住，高兴地和乔奇玩起摔跤来，最后"砰"的一声滚下地来。耄钝忽然想起他的年纪和尊严，赶紧爬回石椅，在那儿"喵喵"地叫，声音像远处的磨坊。

兔　子　坡

Rabbit Hill

动物们立刻欢呼起来,但是,当那男人起身走向帆布时,他们又静了下来,屏住了呼吸。那男人小心翼翼地解开绳索,将帆布掀开,随后,上百只小动物发出一声赞叹。

鼹鼠抓住威利的手,"威利,是什么?"他急切地问,"是什么?威利,作我的眼睛!"

威利努力地深吸一口气,压低了声音说:"噢,鼹鼠,太美了!是他!鼹鼠,是他,我们的圣人。"

"他——圣芳济?"鼹鼠问。

"是的,鼹鼠,是我们的圣人,圣芳济——他从很早以前就提倡爱我们、保护我们——噢,鼹鼠,太美了!全是石头雕成的,他的脸那么慈祥,那么凝重,他穿着一袭长袍,已经破旧了,还可以看见上面的补丁呢!

"他的脚边全是小动物,就是我们!全是石头雕成的,那是你和我,那是小鸟,那是小乔奇、波奇和狐狸——还有蛤蟆赖皮;圣人的手伸在他面前,像是在——赐福,他的手上滴出水来,干净的凉水,滴进他前面的池子里。"

"我听见滴水的声音,"鼹鼠低声地说,"我闻到干净的小池,感受到它的清凉。继续说,威利,作我的眼睛。"

"这是个很好的饮水池,两端有浅处可供鸟儿洗澡,在水池四周是大块的石头围成的边,像架子似的,上面放着很多好吃的东西,像一餐盛宴,鼹鼠,石头上还刻

着字呢！"

"威利，上面说些什么？"

威利小心地慢慢读了出来："上面说——'大——家——吃——个——饱'。鼹鼠，我们有的吃了。

"为我们准备的是玉米、小麦和稞麦——一个大盐糕是给红鹿的，还有蔬菜，菜园里的各种蔬菜，全是新鲜、洗干净了的，上面没有一点儿泥，还有苜蓿、莓草、荞麦，还有给松鼠、花栗鼠的干果——他们已经吃起来啦！鼹鼠，如果你不介意——如果你答应的话，我很想加入他们的行列了。"

威利立刻加入了那些在小麦堆里打滚的表兄弟中，不远处阿那达斯叔公有点儿迷糊地一口一口吃着苜蓿和胡萝卜，波奇专心地享受着一堆荞麦，没发现有一根麦秆挂在了耳朵上，把他弄成一副怪相。

到处都是嘎吱嘎吱的咀嚼声；那家人静静地坐着，男人的烟斗一闪一灭，女士轻抚着耄钝的下颚；红鹿舔食着他的盐糕，唇边满是口水，他喝了口池水，仰起头，大声地嘶叫；威利把皮带松开了一两个孔以后才停了下来，他那毛茸茸的肚子好像一下子惊人地鼓了起来。

红鹿开始迈着威严的慢步绕着菜园走，他的母鹿和小鹿跟在身后；其他的动物也乖乖地排成队伍，菲伟和灰狐狸肩并肩；波奇和阿那达斯叔公一起；小乔奇走在

Rabbit Hill

老爹老妈中间,双臂搂着他们的脖子;雉鸡和他的太太装模作样、摇摇摆摆,羽毛在月光的照射下闪着金铜色;接着是田鼠一家了,浣熊和袋鼠,灰色和红色的花栗鼠和松鼠;在菜园边上,一起一伏的地面下,鼹鼠和他的三个胖弟弟也在跟着他们前进。

队伍绕行菜园一周,回到圣人站的小草地上,红鹿又叫了一声,全体开始注意听他讲。

"我们吃了他们的食物,"红鹿的声音传出,震撼心弦,"我们尝了他们的盐,喝了他们的水,都是上等的食物,"他权威地仰起头,朝向菜园。"从现在起,这里就是禁地,"他用蹄子踏着地,"有谁反对吗?"

没人反对。最后,阿那达斯叔公打破了沉寂:"那些糖蛾怎么办?他们根本不懂规矩和法律。"

老是慢半拍的鼹鼠这时从地道里钻了出来,把脸转向声音的来处,"我们会巡逻的,"他笑着说,"我和弟弟会日夜到处巡逻,同时也可以觅食呢!刚才这一趟就抓到了六只。"

动物们结束了他们的晚餐,这时,菲伟和灰狐狸忽然竖起耳朵,原来是听见屋后的葡萄架那儿传来劈啪的声音。"嗨,鼬鼠,"苏法洛尼亚圆润的声音在小山上回响,"来吃吧!"于是,他们便急急忙忙往黑暗里走去了。

月亮已经落到松林后面, 这餐盛宴也已经收拾干

净。小动物们吃得饱饱的走下山去,他们带着睡意互道再见,各自回家。老妈两只手上还各拿了一个菜篮,"明天有莴苣豆蔓汤了,从现在开始,天天都有!"

阿那达斯叔公清清喉咙,"如果客房没人住,我倒想回去再住一段时间。"他有点儿困倦地说,"波奇人很好,不过,他的洞太潮湿了。嗯,太潮湿了,还有他煮的菜——"

"当然好啦,阿那达斯叔叔,"老妈笑了,"你的房间还和以前一样,我每天都打扫的。"

小乔奇高兴地跑着,向老爹喊道:"附近有没有新来的狗啊?"

"据我所知，佳丘路上最近来了两只撒特猎犬，听说很有教养，也很有本事，等你休息几天，精神恢复以后，我们来试试看。"

"我随时都行，"小乔奇高兴地大笑，"随时！"他跳起来，脚跟拍了三下，向老爹、老妈和阿那达斯叔公叫道："我很好！"

整个夏天，每天晚上圣芳济的架子上都摆满了晚餐，每天清早又打扫干净；每天夜里，红鹿、菲伟和灰狐狸都会为了防备小偷，在附近巡逻；鼹鼠和他的胖弟弟也遵守诺言，在地底下执行着任务。

整个夏天，老妈和其他主妇都在腌腌渍渍，储备冬天的食粮。又有了笑声、舞影、欢乐与宴会，好日子在小山上重现了。

提姆马克格拉斯大惑不解地浏览着这片丰收的菜园，提高嗓门儿说："路易，我真不懂，新来的这家人，菜园不围篱笆，不用鼠夹，不放毒饵，什么都没有，却没有动物来碰过这些蔬菜，一个脚印都没有，连糖蛾都不见了。可是我呢？我有所有的防备：篱笆、鼠夹、毒饵，甚至有几晚还拿着枪守夜，你猜怎么着——胡萝卜全不见了，甜菜也丢了一半，卷心菜被咬了，番茄被踩得稀烂，草地被鼹鼠糟蹋得一塌糊涂。十字路口的胖男人还养了狗，但是他连一棵玉米也没留下，全部的莴苣、大半的芜菁都报销了，我真不明白！一定是因为运气的缘故。"

"可能，"路易说，"可能是这样——也可能还有什么别的因素。"

# 世界很小,是个家园

袁　颖/书评人

我必须承认,罗伯特·罗素笔下的动物们真是可爱!无论是在他的文字描述里,还是在他的画笔下,小兔子乔奇、他的老爹、老妈、阿那达斯叔公,还有他的朋友田鼠威利、土拨鼠波奇无不活灵活现,真实动感得就如同我们身边每一只被我们宠爱着的小动物。我甚至可以从那些图画里看见他们生动的表情,时而忧伤,时而快乐。其实,动物们本来就跟我们人类一样,也会饿,也喜爱享受美食,也有喜怒哀乐,也对衣食无忧的"好日子"满怀向往与憧憬。

兔子坡的动物居民们对新来的一家人由期盼到试探,由猜忌到全然接纳的整个过程,在这本美丽而温柔的书里被完美地描绘出来,简单却逼真的插画与故事配合得天衣

无缝。罗伯特·罗素不愧是纽伯瑞奖获得者,一件简单的事情可以被叙述得如此生动传神,一个简短的故事可以蕴藏了大哲理,我想,这就是大作家的智慧吧。我相信他写的这个故事会是那种永恒的经典,是那种当孩子们有了孩子的时候,也依然会一直流传下去的故事。

当然,我还是最喜欢故事里面的"男一号"小兔子乔奇。谁让他那么活泼可爱、善解人意又特别孝顺老爸老妈呢!相信读过《兔子坡》的小读者们都会深深地喜欢上他的。以他为主人公代表的兔子坡,经历了由衰败到兴旺的过程,我们在读故事的过程中,随着乔奇喜,也随着乔奇悲,为他高兴,也为他揪心……还好,一切童话故事都会有个圆满幸福的结局——小动物们从此过上了幸福快乐的生活。

而故事结束之后,当你尚沉浸在那种替乔奇高兴的喜悦当中的时候,你有没有想过,乔奇其实给我们留下了很多思考的空间。也许,当你真正想清楚了下面这几个问题之后,你会觉得自己突然又长大了一些!

## 总有希望在

"新人家来啦!嗨哟!新人家来啦!嗨哟!"
当兔子坡的动物居民们满心欢喜地哼唱着这支由

Rabbit Hill

小兔子乔奇"创作"的歌子的时候,对于他们来说,即将到来的新人家到底是善是恶,他们是否能够从此结束已经持续数年的悲苦生活,一切尚是悬念。

而动物们对往昔生活的追抚与对即将到来的好日子的憧憬,就在这歌子里被铺陈开来。几年来,由于住在兔子坡的人们不替动物们着想,动物们的生活过得捉襟见肘,可怜巴巴。兔子坡也由原来的芳草萋萋变得了无生机,很多动物纷纷搬离了这里。没有好人家作邻居的动物们的日子是悲惨的,没有生机的兔子坡只能招人怨恨。

作者使用了大量笔墨来描述新人家到来之前动物们的种种心态。当然,不同的人有不同的表现;老妈表现出的是一贯的杞人忧天,担心新搬来的人家会破坏兔子洞,会有毒饵毒气有猫狗有卡车,光是想想这些,都能让她脸色发白;而老爹则表现得相当沉稳,并做出会根据事态的发展及时调整自己生活的准备,他安慰老妈时说得好,"试着让自己乐观一些吧"。

为什么不呢?对于还没有发生的事情,为什么不保持良好的心境期待事情的进展呢?

事实上,大多数动物们都保持了这种良好的心态。当新人家要搬来的消息不胫而走,动物们在冥冥之中觉得几年来艰苦的生活就要结束了。有变化就有希望在,

大家哼唱着乔奇"创作"的歌子,满心祈祷着快乐的日子可以重现。

## 世界很小,是个家园

新人家就在动物们的期盼中搬来兔子坡居住了。当然,他们并不是一到来,就被动物居民们全心接纳——毕竟,遇见一户好人家可真是幸运却可遇不可求的事情啊!动物们可是用了一系列小伎俩来试探他们新邻居的品行。

但新人家经受住了动物们的种种考验。一家人的友善,让动物们有目共睹:他们会在开车的时候避让小动物,还周到地在车道入口处立起了警示标牌,以免动物们遭受伤害;女主人从恶狗嘴下救下了土拨鼠波奇,男主人听任他把洞口开在自家的菜园;新人家还善待失足受伤的"动物间谍"田鼠威利,当不明真相的鼹鼠采取疯狂的报复行为——把新人家刚刚碾平的草地弄得一塌糊涂的时候,善良的男主人却"一笑泯恩仇"……新人家的勤恳耕耘给动物们带来了仲夏夜丰收的希望,他们善良的点点滴滴无不使动物们深受感动。

当仲夏夜来临,在新人家悉心照料之下的乔奇伤愈归来,新人家还在象征着爱护动物、保护动物的圣芳济

Rabbit Hill

雕像旁为动物们备下了丰盛的仲夏夜大餐，动物们也"将心比心"立下约法，将新人家的菜园列为禁地，不得践踏。甚至有动物自愿担当巡逻员，日夜守卫菜园——这些，则恐怕是善良的新人家所始料未及的。

新人家把小动物们视为自己的朋友——其实，共同生活在地球上的人类与动物本来就是朋友，因为动物们的弱小，才需要我们对他们加倍的怜爱；因为我们彼此相互依赖，我们就更应该多替他们着想啊。

自此，圣芳济的雕像旁每日都有为动物们留下的丰盛晚餐，动物们也践行诺言，日夜守卫着好邻居的菜园。从此，笑声、舞影让兔子坡呈现出一派祥和快乐的景象。

世界这么小，就像一个家园，动物与人类和谐共生，我们的家园才如此可亲可爱！

## 真心相待，和谐无限

兔子坡的人与动物们和谐快乐地生活在一起，故事到这里本该圆满地结束了，却又衍生出一段小插曲。

在故事的结尾处，负责为新人家碾地的提姆马克格拉斯对新人家和自家菜园截然不同的两种境遇有些大感不解。要知道新人家的菜园不设篱笆、不用鼠夹、不放毒饵，却从未遭受践踏；而自家菜园虽"全副武装"，处

兔 子 坡

处设防,却屡屡遭袭。对于这些,他无奈地解释为"运气不好"。

他却不知道,人与动物之间是要以诚相待的。他一味与动物为敌,只会招致动物的敌视;相反地,新人家毫不设防地全身心接纳小动物,用他们的友好与热情感染它们,当然也会赢得动物的尊重,被动物诚恳地对待,被动物全然接纳。

为人处世之道,往往与运气无干。有些时候,无形的精神的力量往往比有形的篱笆更能起到震慑的作用。宽容与仁慈,既能让人心生敬畏,更能消除人心之间的"樊篱"——因为别人放进我们掌心的真心,没有理由不被珍惜。

## 祝福兔子坡之外的世界

兔子坡无疑是幸运的。曾经荒芜得杂草丛生、令人生厌的山坡,因为有了新人家的到来,有了他们对动物们的关爱,从此变得温柔可亲,使人留恋。因此,若我们也是住在兔子坡上的一只兔子或是随便一只什么动物的话,恐怕也会从心底满心愉悦地高唱出声来的吧:"新人家来啦!嗨哟!新人家来啦!嗨哟!"

而兔子坡之外的地方呢?我们多希望世界上的任何

角落都能够没有炸药、陷阱、毒饵、毒气,没有遗弃,没有狩猎,没有虐杀,到处都是"草原上铺着厚得像地毯似的鲜草,田野上长满苜蓿,园里的蔬菜茂盛……所有的小动物们都过着好日子"。

我们当然有理由相信会有这样的美景。只要我们心中有爱,并让这种爱旁及身边每一个弱小生物,这世界上的任何角落都会变成温情之地,就像兔子坡一样!

就让我们这样祝福,并从现在开始身体力行。